not only passion

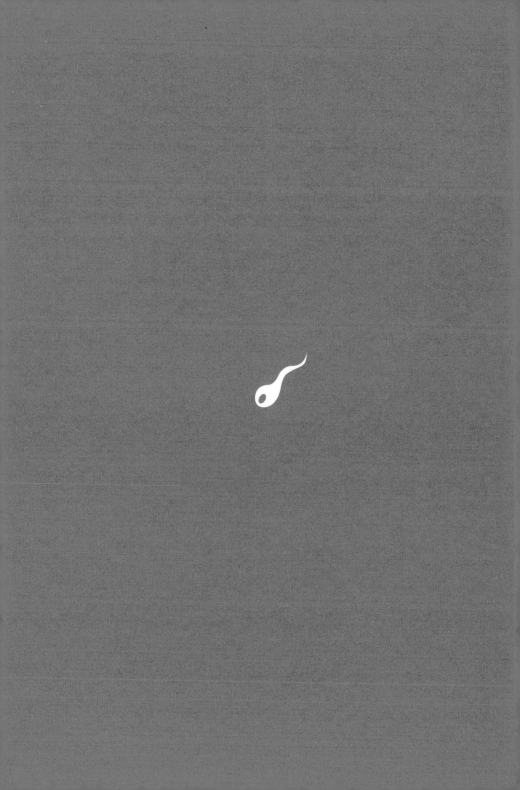

not only passion

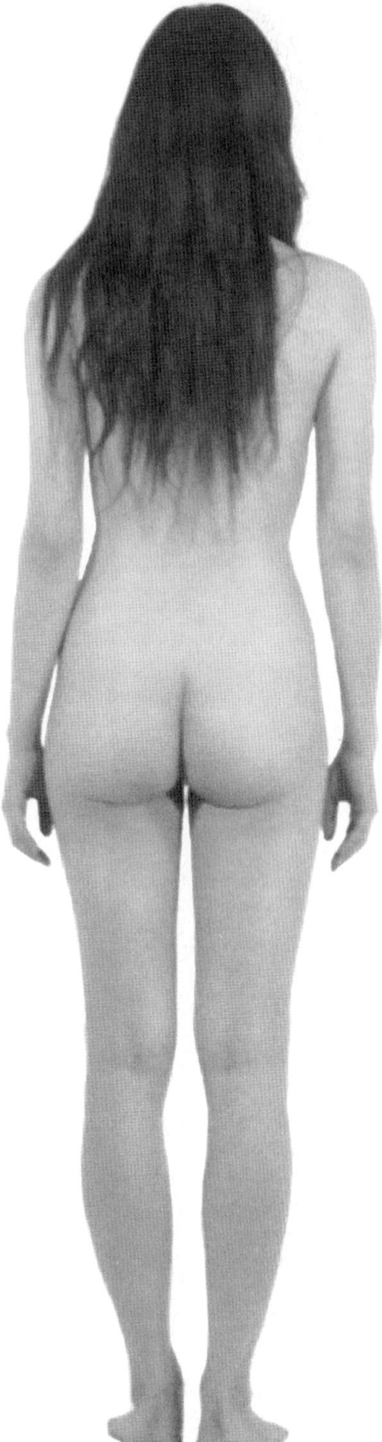

dala sex 009

16篇真實性告白

性史2006

大辣編輯部＝編

not only passion
大辣

dala sex 009

性史2006——16篇真實性告白

編輯：大辣編輯部
責任編輯：呂靜芬
校對：黃健和、郭上嘉
企宣：吳幸雯
美術設計：楊啓巽工作室
法律顧問：全理法律事務所董安丹律師
出版：大辣出版股份有限公司
台北市105南京東路四段25號11樓
www.dalapub.com
Tel: (02)2718-2698 Fax: (02)2514-8670
service@dalapub.com
發行：大塊文化出版股份有限公司
台北市105南京東路四段25號11樓
www.locuspublishing.com
Tel:(02)87123898 Fax:(02)87123897
讀者服務專線：0800-006689
郵撥帳號：18955675
戶名：大塊文化出版股份有限公司
locus@locuspublishing.com
台灣地區總經銷：大和書報圖書股份有限公司
地址：242台北縣新莊市五工五路2號
Tel:(02)8990-2588 (代表號) Fax:(02)2290-1658
製版：瑞豐製版印刷股份有限公司
初版一刷：2005年12月
定價：新台幣 250元

Printed in Taiwan
ISBN：986-81177-9-8

編輯室前言

人人都有性史可說

大辣出版總編輯黃健和

一九二六年，北京大學教授張競生於《京報副刊》上刊登了性史徵文啓事，同年出版了《性史》一書。這本書是中國人最早的性學報告。

二〇〇五年，大辣重新出版了張競生所編輯的《性史》一書，是爲《性史1926》。同時我們亦與中國時報人間副刊合辦了「性史2006徵文活動」，號召海內外華人共襄盛舉，書寫自己的性啓蒙、性經驗與性癖好……

「誰還要看這些文章啊，情色書寫在網路上到處都是啊？」大辣內部爭論著是否要舉辦這麼一個徵文活動。

「可是網路是匿名、性幻想與性發洩，徵文活動則是公開、性經驗的眞實敘述；而且這個活動可以對照看看，這八十年來，性這回事到底在華人世界裡有多大的轉變與差異。」

向大辣友人性學博士許佑生請教，他拍手叫好，鼓吹此事非做不可；與人間副刊楊澤談起此構想，他大爲興奮，說得口沫橫飛，彷彿這文字版情色嘉年華已然成形；試探地問作家友人成英姝，「這個活動聽起滿好玩的！」她這麼說。

那，就放手去做吧！三位名家，那就麻煩你們來當評審囉！

辦活動最怕沒人來玩，辦徵文最怕沒人投稿。

徵文自六月中開始，每週均是零星稿件投來，頗令人沮喪。「稿件一定是到截止收件前幾天才會大量出現，徵文活動能有個上百件投稿就算是不錯的成績了！」人間副刊劉克襄安慰著我們。

八月底截稿時近三百份稿件。男女比例約爲六比四。最年長的投稿者是一九一八年出生八十七歲的老先生（彷彿是錯過了《性史1926》的徵文，八十年後終於決定提筆），年紀最小的投稿者才剛滿十九歲。另也收到分布海內外各地華人的投稿，分別有大陸、香港、馬來西亞、上海、美國、義大利、法國、德國……等地。

九月底初審結束，四十七篇稿件入圍。

十月中複審，三位評審在激烈的討論爭辯中，選出了前三名及十三篇佳作。

這個活動終於結束，而《性史2006》即將出版，張超先生（張競生之子）亦爲此書撰寫了〈這八十年的一波三折：一九二六～二〇〇六中國大陸群體性史〉一文。

性主導著人類的歷史，性史亦在其間或光燦或黯淡。

這本小書希望能讓讀者開心地觀賞，更期望能沉靜地回顧自己青春的掙扎抑鬱，可以誠實的面對自己，甚至提筆書寫。

因爲，我們始終相信，人人都有性史可說。

目錄

性史 2006

16 篇真實性告白

第一名

軍中樂園秘史

葉祥曦

男，一九四七年生，台灣台中市人，現居於南投。

過完年，我來到這個世界正好一甲子。

我出生於深山交通不便的煤礦區，受教育的方式是拳頭打罵，一切依風俗習慣生活。關於女性身體構造和性的問題，羞於啓口，心中觀念是保持童真和未來的伴侶交換。婚後做愛行房也是為了傳宗接代，關了燈偷偷摸摸進行，不管對方的感受。

現在已進入二十一世紀，不管年輕人、老年人都應該勇於探討性事。

民國五十六年（西元一九六七年）過完陰曆年，我在新竹關東橋唱從軍樂。那年我正好二十歲，剛從高職畢業，理著大光頭，穿著不怎麼合身的草綠色軍服，踢正步唱軍歌：「我有兩枝槍，長短不一樣，長的打共匪，短的打姑娘……」如此般度完前八週的新兵基本教練。結訓到靶場打靶，六發子彈雖然全「槓龜」，仍順利結訓；我的感想是我打過槍了（以前在家都是偷偷的打手槍啦）。

抽籤分發後，我到了陸軍鳳山衛武營的砲兵連。第五天我就出狀況了。我和四位同袍在司令部前面割草，休息時我爬到芒果樹上摘芒果（這是違反軍紀），正高興的叫同袍接好芒果，卻發現樹下沒有半個人。司令部的窗口有位上校指著我，叫我過去，我頭皮發麻的向他敬禮。他抄下我名字、連上電話後就叫我回去。我問同袍我會受怎樣處罰，他們說以往都關禁閉室一個月。但事隔半個月，連上沒人提起，我也忘了。有天我在中山室站衛兵，那上校出現在我們連上，他對我們連長說：「這個兵我要，我現在要帶走，陸總部公文批准了在這裡。」我就這樣進入了「八三一軍中樂園」。

丁上校用吉普車載我往鳳山方向，二十分鐘後在五甲路一棟三層樓建築前進入，我看到大門掛著「陸軍第二軍團鳳山特約茶室」。大門有憲兵和衛兵站崗，四周高高的圍牆與牆上鐵絲網，和監獄很相同。

報到第二天開始服勤務，每天二小時衛兵，六小時在管理室等候上級的派遣，如打掃房間、燒熱水、洗浴室、查房、處理糾紛、爲客人補票（每人服務爲十五分鐘，逾時要補票，小姐一按燈，管理室牆上的燈就亮起，我們就會上去詢問）、押小姐到醫院看病，或到鳳山、高雄買化粧品、內衣褲、衣服。還有小姐要買點心、零食，會先寫好便條紙和錢交給我們，分早晚二次。另外要到廚房幫忙打飯裝便當送飯、到洗衣場晒收衣服……反正上級交待什麼就做什麼，其他時間只要不出營房，跑到小姐房間哈拉打屁也沒人過問。

初來時見到小姐都會臉紅，尤其在浴室看到她們上廁所不關門，當著我的面裸體洗澡，洗下體，我落荒而逃，她們就罵我「看到鬼」。這種事常發生，故小姐都知新來一位菜鳥。每次和她們接觸時，有人會摸我的臉、胸部，甚至我的小鳥。

這棟建築是三層樓回字形，只有一個大門出入，前面是守衛室、管理室、中山室，第二大門就是全棟大樓，入口只有一個樓梯，樓下是售票處，分軍官票十八元，士官兵票十三元，牆上有服務生（妓女）的大頭照片及編號。阿兵哥買票後看牆上照片到二、三樓找小姐房間號碼「打砲」。樓下是我們衛兵連、憲兵排的隊部寢室；樓上二樓一部分隔開爲軍官部，大約一百二十位小姐；其他部分及三樓全部是士官兵部，約有九百人。

小姐房間約四坪大，床、櫃子、桌子、電扇、痰盂、椅子、棉被、枕頭外，其他可能用來自殺的東西都不准有，尤其刀子、繩子、玻璃、鏡子、針……，每月查房一次。大門牆上有個燈，小姐開始服務會將燈打開，屋內牆上有個鐘也開始運轉，超過十五分鐘小姐會要求補票。我們管理室的衛兵就背著袋子和零錢爲小姐補票，小姐會將門開一小縫，把錢伸出外。房門牆上如果燈亮著，表示裡面在辦事，其他人必需在門口等。一結束小姐會拿臉盆去浴室倒水，又捧乾淨的水進房。

這些小姐都是從台灣各監獄徵召來的，她們如判刑十年，在此服務五年就能出獄，而且每服務一位能抽八元。她們上班時間是早八晚八，休假是月經期及中標或生病。

在這兒我們有衛兵守則三十六條，其中一條是「協助脫逃、接受饋贈、沒買票接受性服務」都要送軍法審判。我換日光燈、通水管、修水龍頭、送衛生紙到小姐房間……樣樣做，深得長官的厚愛。我長得娃娃臉，有幾位小姐要引誘我和她打砲，我都迅速離開。同袍一齊洗澡看到我龜頭仍然包皮，這件事傳到樓上，這些小姐就問我打過砲沒有，是不是處男，如果想開苞可以找她，她會包紅包給我。甚至有人見到我直呼名字：「葉××去買票來給我捧場啦。」

每星期一軍團部的衛生連會派醫官和助手三十人來檢查下體，我們衛兵也要幫忙，約六點到八點結束。小姐排隊下樓到醫療車上，躺在一個可以打開雙腳的架子上，由軍醫用器具將陰部打開檢視，並用棉花沾陰道黏液回去化驗；次日我們會接到電話，被告知哪些人停止服務，得接受打針服藥。

這兒的服務生也會爲恩客吃醋打架、自殺、發酒瘋、偷竊等，我們都要去處理。她們規定每天至少要收到十張票，但有人關門不接客，也有人拚命賺錢。每月結帳時，成績不好的會被請到管理室輔導，如果繼續如此，這些小姐會和其他地區的特約茶室交換，故每週有人進有人出，猶如我們新兵入伍老兵退伍。

丁上校每週一來作一次朝會和巡查，到樓上詢問小姐有什麼要幫助或處理、衛兵憲兵有沒有欺侮她們，竟然有數人指名我在此表現最好。當天朝會上校訓話就說他沒看錯人，並放我七天榮譽假。其實我也沒那麼好，看到漂亮的小姐也會心動，下了班也進小姐房間哈拉打屁。例一：515小姐是位原住民，聽說有二個性器官，我下班去找她，她說我們可以互相看對方的，便馬上脫掉褲子。眞的耶！沒有陰蒂卻有一支小雞雞，還有一個陰戶。我看完就跑掉了。例二：039的小姐陰毛從陰阜長到胸部，我也是跑去找她，她也樂意脫褲子給我看，而且還看她的「桃源洞」。

在這裡我第一次碰觸女人身體是因爲一位發酒瘋的小姐脫光衣服在走廊亂跑，正好我值班，便上樓老鷹捉小雞般的將她扛在肩上送入房間，爲她穿好衣服，在房間貼上「本日公休」。第二次是位小姐盲腸炎，天氣熱小姐都是脫光衣服睡覺，我受命處理，只好扶她起來穿衣服，背她下樓送醫。第三次是819小姐要捉弄我，故意亮有事處理燈，我一進她房間，她就把我撲倒，房間燈又被她熄掉，她孔武有力，全身脫光光的如蛇般纏住我，褲子也被她拉下來，還好同事趕來拉開，不然我差點被她強姦。

要提一件難忘的事，777號小姐長得冷艷漂亮，身材一級棒，門口常常有數十人排她的班，但她每天只接十位，一有十張票定休息，說話從不正眼看我。某日我去爲她打掃房間（檢棉阿紙），她站在外面抽煙，我推開床發現一條手巾包著金戒指、項鏈、現金近仟元，我送還她。她緊張地拉我進房，請我不要報上級，會被沒收，什麼條件她都接受。我笑笑的說不會啦，從此她待我如親弟弟。那些東西我偷偷代她寄回屏東潮州，家人也回信收到物品。後來她見到我好高興，在房間內深深的吻我，我也有反應，老二翹得好高。我的初吻就這樣獻給這位妓女。

在此服務半年，一切駕輕就熟，也開始受派外勤工作，值得一提的有二件事：一次我押小姐到美容院洗頭剪髮，她要上廁所，但我們扣在一起，她要求解開手銬，我騙她鎖匙在班長那裡，她只好進去蹲，我站在門外，正好有位不認識的小姐也來上廁所，當時好尷尬。另一次是押人到高雄八〇二醫院，一位拉肚子的小姐要上廁所，我押她到廁所時不知要上男廁或是女廁，我問她，她說廢話當然女廁，就拉我進去，我選最內部那間，怕她跑掉不肯打開手銬，她只好進去。這時也有民眾人來上廁所，責問我在幹什麼，我急得直叫那位蹲廁所的妓女快點快點。有人去叫醫院警衛來，我出示證件，他探頭往廁所內看，我左手和那位小姐仍然銬住，他明白後馬上說：「沒事沒事，警衛押犯人上廁所。」他老兄還陪我在廁所旁聊了十幾分鐘。

時間過得眞快，服役破百（剩三個多月要退伍了）。和這些女人相處兩年多，憑良心說，我沒見到一位心儀的女孩嗎？我又不是柳下惠。875小姐身高一百七十三公分，清秀，國立大學畢業，家境富裕，因男友將毒品寄放在她住處被查到，兩人皆判刑十年，男友保釋中偷渡美國，她被遺棄在台灣擔起販毒重罪，曾想不開自殺二次，皆被救活，而轉送來此。她每天只接一個客人，其他九張票都自己拿錢出來補。她房間在三樓最角落處，和丁上校關係也很好，故這裡的長官沒人敢欺負她。她花錢大方，常託我到鳳山街上租小說看，我因英文能力差，常找她指導。

有一次她心情不好，要我晚上八點到她房間陪她。她拿出一瓶洋酒要我陪她喝，連小菜都預備好了，兩人一杯接一杯，最後全醉倒床上，深夜三點多我見她起床小便、喝茶，我也起來小便。她見我龜頭仍包皮，問我有沒有性經驗，我搖搖頭，兩人又倒在床上睡。

她開始撫摸我，我的老二也不老實了，她將我衣服脫光，自己也脫光，我對她又吻又挖，她的陰戶充滿淫水，數次將洞口對準我陰莖推進，我皆推開她。她問我爲什麼不要，我告訴她，我的第一次要給我未來的太太，她也不勉強我，兩人便擁抱睡到七點我離開。

過完陰曆年，我只剩十天要退伍了，875小姐送我一套西裝、領帶、襯衫、皮鞋。那一夜我又陪她聊到天亮，兩人還互相手淫，她將我的精液全部吞到肚子裡。我倆在早晨依依不捨的分手，她告訴我叫我等她，她要嫁給我，只要我要她。

民國五十九年（西元一九七〇年）二月十五日，我領到一張獎狀、退伍證和車票，便和同袍及二、三樓小姐說再見，坐上十點的夜車回台北，心裡充滿理想與快樂。

附記：

一個妓女在十二小時内能接多少男人？因爲我每天要到樓上收票記錄，我最清楚，最高紀錄是三十七張。

不久，經衛道人士及報紙輿論大大的批評不人道、不道德，台灣的「八三一軍中樂園」至一九九二年全部結束消失。

成英姝（作家）

寫八三一軍中樂園不引人窺奇也難，題材上就佔了優勢，不過，這篇文章吸引我的理由倒並不在此，而是作者的敘事方式。

我並不把個人性史描述的文章用看待文學的眼光來加以評價，我覺得使用文字的藝術性不如運用口語書寫的魅力來得重要。性史若是造假就沒意思了，因此性史書寫與經營小說並不一樣，在刻意和自然之間的分寸必須有所拿捏。

〈軍中樂園祕史〉使用的口語文字就有吸引我的地方，這篇文章裡有相當足夠的細節描寫，不管是各色妓女的描述、軍中樂園裡的生活作息、作者與妓女們的互動，細節掌握得恰到好處，因爲過多或不足的細節經營，都會喪失眞實感。而在這篇文章裡，很單純地把故事說出來，就有足夠的說服力和足夠的趣味，可以說是一篇能夠滿足讀者的文章。

這篇文章另一個有意思的地方，是作者的一種態度；從開始敘述到結尾，有一種引人莞爾的天眞，雖然是在一個充滿性張力的空間裡，但是作者有一股有趣單純的自得，其實是這種趣味，使得這篇充滿生活化氣息來細數不尋常的經歷的性史有了魅力。

第一名

女馬

布克農

女，一九七六年生，台灣高雄市人，現居於台南。

即將三十歲的資深女同志。曾任國華、聯廣廣告文案加總五年，失業三年讀研究所逃避社會。我不是個沒有用的人，我寫小說與詩、拍紀錄片和短片、賣怪A陶、做飯，只是現在這些工作的報酬還養不起我。

國小五年級下學期，我平淡的小學生活開始出現了不尋常的氣氛，有許多同學偷偷地變成了母馬，而且數量一點一點地擴大。根據過去十一年我所知的人生，這些母馬不該出現在教室裡，也不該這麼小才對，她們應該在街上買菜、在家裡帶小孩或是在上班，這裡不是她們該來的地方，這裡是純潔的小學生教室呀。

母馬群的特徵是在白制服裡，開始綁上肉色或白色的叫做胸罩的鞍具，讓前胸生出的肥肉結成圓形的果實，只差一個轡頭拴住嘴就能控制這些母馬的方向了，只差一條鞭子就可以盡情駕馭她們了，她們還傻呼呼地讓大人買這些褻衣騙她們穿上。我才不幹這種事，雖然我的胸部也開始長出一些軟肉，但我會用手壓平它，我才不會讓大人看見我的發育。

除了馬鞍，她們和從前並沒有太多不同，她們一樣跟我討論功課、收作業簿、排桌椅清掃教室，她們沒有貿然地發出馬嘶鳴。她們有的開始駝背、畏縮，常被大人一巴掌打在背後糾正站姿，臉上露出無辜的怨懟；也有一些大熱天還是堅持穿著薄外套，或把白制服的下襬從裙子裡拉出來。

她們藏匿的祕密相同，可憐她們越是這樣彆扭，遭到的無情調笑越多。她們背後的馬鞍像吊橋一樣橫越兩個肩胛骨，透過薄薄的制服一覽無遺，就算穿了外套還是可以看見浮雕。肩帶拉扯、不安好心碰撞哎呦好軟！無禮的同學多得像爭吃大便的蒼蠅，彈一下鬆緊帶就跑！反而那些毫不介意鞍具的小母馬，奔跑的時候別有一股樂觀放蕩的開朗氣勢，心胸開闊，自由自在，啦啦啦啦，好像她們已經撇開鞍具的意義而成爲鞍具的主人，好像在街上買菜、在家裡帶小孩或是在上班的母馬一樣，是渾然天成的母馬接班人。

我未曾參與過母馬的孩童時期，那使我困惑極了，就像小學生不能了解原來老師也要上廁所一樣，我不曉得母馬原來也得經過小學的階段，她們不是生來就長好的母馬。儘管如此，我還是沒辦法接受清新可愛的小學生與馬鞍發生關連，而我再怎麼不適應，老師也沒有把母馬群趕走。母馬群戴著她們的馬鞍在教室裡自由活動，她們並沒有低頭吃草皮，教室裡也沒有草皮，只有幾株破盆栽，可是她們還是很自然，像卡通影片裡的馬在大草原上飛奔一樣適得其所，反倒老師還對她們更加親切有禮。

老師是老男人，我猜他是色情狂，和所有連續劇裡的男人一樣只想佔女孩的便宜、脫女孩的衣服、摸女孩的身體，他已經養了一匹母馬在家裡合法的摸了，難道眼前這些發育不全的小母馬們他也不想放過嗎？對她們這麼溫柔友善，好賤！好討厭！色情狂！男人對女孩獻慇懃就是氾濫的色情！

青春期，我對女孩的同情一日比一日濃厚且成爲一種混亂的愛慾，連我自己也無法理解爲何我也想擁有一匹母馬。我那難以啓齒的性癖，我感覺自己好像罹患了怪病，我是個女孩，卻不嚮往男孩的疼愛，反倒對同性有著異於尋常的熱情，看見A片也只想模仿男孩使女孩發出怪叫聲，看女孩像亂槍擊中的鹿那麼委屈抖動，那麼好看那麼的羞恥。我想自己來疼愛她們，用我的方法拯救她，我可以愛，我想愛，用我的善心和我的嘴安慰生來便受難的母馬們，我想我極有可能和男老師一樣是個色情狂。

我和女孩第一次裸裎相擁在我高二那年，我們都不確定這是不是就叫做同性戀，我心想是的是的，我在愛著一個孱弱的對方，她時時刻刻都等著我拿熱情澆灌她、保護她，我知道她還有猶豫，可是我不管。

那天我家裡沒有人，我們從國軍戲院回來，看了一部三級港片，內容是一群男人密謀如何從富有的女繼承人手中掠奪財產，這些都是屁，重點是女繼承人和她的女朋友在絲絨大床上光著身體打滾，燈光昏沈像濕溽的汁液，她撥開了女朋友的長腿，伸一隻手臂在兩腿之間診治她的隱疾——一種想被彈奏的病，我看見她演奏她的女朋友使她喘叫哀號，在床單上磨、刨出一滴兩滴的汗漬，兩隻肉體摩來摩去，好色！散場之後我馬上接她回到我的床上，過去我實在不知道除了為她解下胸前的鞍轡，幫她端一下沈甸甸的乳房、親一親馬鞍的壓痕之外，我還能為她效勞什麼，彷彿沒有陰莖，性行為就像沒有膠卷，無法放映色情影片，只剩機器空空的運轉，謝謝三級片使我了悟一雙手的妙用。

我們扒光了彼此的衣裳接過彼此的乳房，她顯得比過去多了一點冒險精神，我們嘗試在耳朵附近咬出一些瘀傷，製造一些亢奮的油膩使陰道像「海狸大開口」（註：這五字借自馮內果），而我的手可以一點一點塡入她的身體。我的食指和中指被油黏得很牢，心裡非常緊張，我可以再更深入一點嗎？指尖緩緩地趨近子宮的底部，那裡果眞是一個圓形的像洞的肌肉，裡頭沒有尿液沒有糞便只有收縮和收縮，和她的體溫。沿著內壁我好像可以摸到她的心跳，我數著她的心跳，我的心跳塞住了我的耳朵，她的聲音塞住了我的血管，我夾著自己的兩條腿，腿和腿的中間有我自己的另一隻手伸進我自己的子宮，我的兩隻手變成電源線，我們供給彼此電源，更多的汗水從背脊失事摔到枕頭和床鋪和被子上……。

之後，性取代了其他的運動，每個週六的下午我只想躺在床上彈奏我的小海狸，我們像兩個女子角力選手，又像肉搏的警察與小偷，掙扎與馴服，施與受沒有幸福祥和的感覺，那不是器官有問題，是社會注視我們愛情的方式有問題。

沒有多久，她便陷入了不能繼續這樣亂來的痛苦中，她想終止，想回到我沒有出現之前的那個男女世界，她愛我是愛我們得之不易的偶遇，那不是因爲她只對同性情有獨鍾，她可以永遠愛我卻沒辦法爲了同性戀這頂帽子和我一起搞獨立，那很累也很費唇舌，她想過清淡一點的人生，她不是放棄我，而是選擇了她更嚮往的人生。

也好我現在也大了，回想這些老事不會傷心掉眼淚。後來，她換了無數男友，偶爾提起舊回憶我們也是笑一笑，繼續吃油膩的烤雞屁股聊天。後來，性像系譜學一樣重新整理我們與親鄰朋友的友誼，我的男性朋友C成爲她曾交往過的男朋友，C又與另一個男性朋友R先後和一個女孩交好過，R曾是我的女友L喜歡的男孩，L與我，我又混亂的和V……，逼我們不得不承認我們全都間接地交配過，我們繁殖了複雜的人際關係，我們全都是性奴的一分子，在政治力尚未統一大同世界之前，性慾已統一了一切。

母馬和馬鞍的事我看很開了，女孩子們未必需要我自做多情的援救，想救別人的我是不是也渴望著被救呢？馬鞍能救我嗎？馬鞍也許早就拯救了她們，只是我還在頑強抵抗，我堅貞地認爲自己仍然是個國小生，沒有那個需要，就像還不夠餓所以不想吃米糠。

我曾經渴望長出一條尾巴，對世界不耐煩的表情可以交給它來做，忙不過來的時候它可以成爲我的陰莖，現在我也不那麼想要了，因爲不介意的事越來越多，包括男孩對女孩的色情旖念我也看作禮儀。無私的愛多麼難，就連是父母親也未必能無私去愛自己的子女，又能對陌生人多求什麼？

只是性呀，永遠都是冒險的，一生都在歷經各種處境，把自己當成螺絲與螺帽去和別人嵌合去融入去愛和恨，去建築一處不可言說的，不知會蓋出什麼的工地。

評審講評

楊澤（中國時報人間副刊副總編輯）

異性戀讀者難以認同同志書寫，無法「感同身受」是一個大因素。這篇文章遊走於同性戀與異性戀之間寬廣的曖昧地帶，兼顧集體與個人，顯現人性的共相與殊相，有它獨特的說服力與魅力，也是我所見最有意思、最具啓示性的一篇性史。這固然和作者的「雙性戀」經歷有關，更重要的，還在她寫身體、寫性經驗，展現一種穿透力，完全不落俗套。爲避免從異性戀讀者的性別位置強作解人，這裡單說穿透力一點。

性意識或性身體的形成是極複雜的過程。一般說「性的萌芽」，不免流於靜態的植物學觀點而不自知。作者將青春期少女「寫成」一匹匹準備好出發上路的小母馬，馬鞍——奶罩——既是甜蜜的負荷，也是自然與文明、先天動物性與後天人工性的混合表徵。更深一層的，作者隱然視性經驗的發展爲一種「拼裝」的過程；從發現「馬鞍」到懂得使用變成電線源的雙手，她逐步地性別跨界，同時發現，性是一種冒險，也是一種建構；「在經歷各種處境把自己當成螺絲與螺帽去和別人嵌合去融入去愛和恨，去建築一處不可言說的，不知會蓋出什麼的工地」。我強烈推薦這篇文章。

第三名

被攝／射體的美麗與哀愁

伊右慰門

男，一九八一年生，台灣台北市人，大學畢業。目前從事文字相關工作，愛好寫字以及馬殺雞。

從十七歲第一次體驗性愛的那天開始，我就養成了每天寫日記的習慣。這麼做並不特別爲了什麼，而只是出於一種熱愛生命的生活態度。畢竟，從那天開始，我的思維和行事都將產生某些微妙的蛻變。爲了凝視這些蛻變，於是，我開始書寫。

有人說，寫日記可以幫助了解自己。雖然不知是眞是假，但我當然也希望能夠更加看透自己。爲此，我盡可能有條不紊地將每天的生活行事記述下來；其中，性事自然是最爲用心著力之處。我不得不承認用文字記述性愛是一件艱難的任務，無論我如何書寫，似乎總無法精確地在紙張上重現那些旖旎風光。但若不仔細記下來的話，老實說，隨著伴侶和經驗的增加，要細數自己的每一段性愛經歷實非易事。因此，我很慶幸自己養成了寫日記的習慣；如此一來，我便能夠藉由翻閱日記，從而回味多年前某夜的纏綿雲雨。

然而，二十一歲的某天，在我經歷了某一次性愛之後，我便將寫日記的筆給擱下了。我甚至沒有寫下那天的過程。因爲那天，有人替我記下來了。

一切計畫都是出於我當時的女友，阿定。這個小名是我起的，因爲她就像《感官世界》裡的阿部定一樣，隨時都要吸乾我的精液似的。她和我年紀相仿，常說像我這樣的男孩子最性感：氣質陰鬱、身材瘦削而結實、眉宇間既帶男子氣又有女人味。我問她何謂性感，她說，就是會讓人想看看高潮時的模樣呀。我不知她言裡虛實，但我眞的很喜歡她，非常體貼、漂亮而且古靈精怪。

有一天，阿定說她想自己拍一部A片，邀我同她入鏡，攝影師則由她在攝影社的好姐妹擔綱。起初我有些抗拒，畢竟我從來沒有讓第三者觀看性愛過程的經驗。然而阿定非常堅持，她說她愛極與我纏綿，想把我們做愛過程永遠記錄下來，才不得已請朋友來幫忙拍攝。我拗不過她，只得乖乖照辦。

就這樣，某一個微雨的清晨，我們在阿定的家中展開了拍攝工作。我提醒自己盡可能地忘卻攝影機的存在，專心享受魚水之歡。

數日之後，阿定邀我一同欣賞成果。

螢幕亮起。我第一次看見性愛中的自己。

畫面一開始，只見我穿著一件米色襯衫，和一條淺藍灰的棉質四角內褲。一個女孩子（就是阿定，但鏡頭並沒有捕捉到她的五官）從身後抱住了我。她披垂著長髮，不停在我耳邊磨蹭。畫面中的我顯得緊張，甚至不時地將眼光瞥向攝影機。攝影機似乎也察覺我的不安，於是跟隨著她的雙手，逐漸移至我的下體。鏡頭特寫。女孩的手從我身後繞過來，在我的大腿根部緩緩游移著，並不時從我的內褲下沿伸入直達鼠蹊部；在畫面中，可以清楚地看到我的內褲正逐漸隆起。隆起到一個程度之後，由於內褲的下沿已被我的陰莖撐出一個相當大的縫隙，因此攝影機可以從由下而上窺視到我的一部分陰莖。我第一次從這樣的角度注視著我的陰莖，那看起來簡直不像我的陰莖；正當我這麼想的時候，女孩子開始把它從內褲中掏了出來；沒錯，那龜頭的色澤和挺起的弧度，在在顯示確實是我的陰莖。而此刻，盯著電視螢幕的同時，我的陰莖也正如畫面中的我的陰莖一般，硬梆梆地隨著心跳的拍子微微顫抖著。

接著，女孩要我躺在床上，解開我的襯衫，並且用嘴褪下我的內褲，接著再俐落地脫下自己的全身衣物。畫面再次切換爲陰莖的特寫。鏡頭拉得非常近，使得陰莖佔滿了整個畫面而顯得巨大，連龜頭的細紋和陰莖表面浮起的血管都清晰可見。在它持續顫抖的同時，一張粉紅色的嘴唇靠了過來；當然那也是阿定，不過除了唇、舌和下巴之外，她的臉龐並未出現在畫面之中。她的舌頭緩緩伸出，在舔到薔薇色龜頭的那一刻，整根陰莖大大地抖動了一下；鏡頭馬上切換到我的臉；原來這是我在接受口交時的臉；我的眼瞼緊緊閉著，飄飄欲仙，大口而無聲地喘著。有時我會倏地皺起眉頭，我想那是她的牙齒碰觸到龜頭的緣故。我聽到她的鼻息，以及口水在她嘴裡滾動的聲音。

畫面中的我緩緩睜開雙眼，偷偷地抬頭瞧向爲我口交的她。我受不了了。看到一個女孩子的嘴巴賣力地在我陰莖上下抽動的模樣，我眞的快受不了了。畫面來到我的龜頭，它已經漲成了紫紅色，在她粉紅色的雙唇間一進一出，形成一種魅惑人心的絕妙配色。我聽到我喊了一聲「等一下」，因爲我還不想射出來，我想將這份快感保留更久一點。然而她恍若未聞，或者她根本不打算理我，她的嘴依然在我的龜頭上一呑一吐。鏡頭照到我把腰一挺，僵在半空中久久不動。很明顯地我射了，射在女孩的嘴裡。然而鏡頭卻沒有捕捉到我在她的嘴裡噴發的畫面，而是再度來到我的臉。

我害羞極了。無論當時是射精在女孩口中的我，還是此刻和阿定一起觀看我的高潮的我，都害羞極了。阿定知道我害羞，於是將畫面暫停，並且又爲我口交了一次。

觀賞繼續。此時，畫面中的女孩似乎打算讓我的陰莖休息一下；裸身的她先是跨坐在我的腰間，接著慢慢地往我的上半身挪動；最後，用她濕熱的下體壓住了我的嘴。畫面中我的表情看起來相當滑稽，像是一個被奶嘴塞住嘴巴而難以發聲的孩子。但我樂在其中。鏡頭由斜上方往下拍攝，只見她的腰緩緩地擺動著，將陰唇上下前後地在我的嘴唇上磨蹭。當她壓得深一點的時候，我彷彿能夠感受到她的慾望的重量；壓得輕的時候，我彷彿也分享到她那輕盈的快感。我只需偶爾將舌頭一伸，便能輕易碰觸她的陰蒂，以及聽見她輕輕「喔喔」地呻吟著。此時鏡頭拉近，拍到我正在吸吮從她下體流出來的蜜汁；她的陰毛已經完全淌濕了，並且把我的嘴唇四周弄得黏糊一片。我的唇和她那兩片陰毛叢生的唇熱情接吻，就像是和另一個深層的她進行私密的唇語對話。

她擺動的速度愈來愈快，摩擦的力道也愈來愈強。我幾乎快不能呼吸了。這時，只見女孩挺直了腰、顫慄了一會兒，隨即彎下腰來揪住我，兩人同時翻了一個身，使我成為上位。她伸手握住我的陰莖；不知何時，我的陰莖又結結實實地勃起了。女孩以一種滿意的聲音說道，快進來。畫面中，我的嘴貼近她的耳邊，輕聲說道，好，我要進去了喔。我握著陰莖在她的陰部磨蹭一會兒，隨即滑入了她溫熱的膣。她喊叫出聲，呼吸也轉為急促。

攝影機改為由斜下方往上拍攝我的臉。我的臉正隨著下半身的抽動而一上一下；但我仍然努力地把乳房塞進嘴裡，並且一面忙裡偷閒地喘氣著。畫面切換到我們交疊的下體；我的陰囊正晃動著，陰莖和陰毛則已沾滿了一層白沫，那是她的膣液。看著畫面，我不時回想起當時陰莖被她的膣液緊緊包覆的滋味，以及隨著她的陰道陣陣緊縮所帶來的美妙快感。我們可以聽見空氣和膣液流動所發出的咕嚕咕嚕聲響，以及我的大腿根部猛力碰撞她抬起的臀部的聲音。

看到這裡我忽然驚覺，從影片開始到現在，阿定從未露過臉。就像隨處可見的A片之中，男主角的臉總是隱藏在鏡頭之外。而且，當我在下位時，鏡頭總是由上而下地拍著我的臉；當我在上位時，鏡頭便改爲由下而上拍攝；於是，我第一次明白對方是用什麼樣的角度看著我的。我忽然覺得，我並不是在和阿定做愛，而是在和任何一個女孩做愛；或者說，我也不是在和任何一個女孩做愛，而是在和自己做愛。整部影片只有我露出了臉，充滿快感和羞恥的臉。在觀看畫面的同時，我的確是在和影片中的自己做愛著。我爲這具有美麗意象的快感而眩惑，同時也看到自己慾望深處底下的孤寂與哀愁。

正當我感到眩惑的同時，電視傳來我和女孩子大聲地喘息的聲音。女孩在急促的呻吟之後，高聲地連續喊叫，接著顫慄著身子，緊緊掐住我的手臂。看到她爽成這樣，我也忍不住要射了。鏡頭再度切換爲我的臉部特寫。那看起來簡直不像是平常的我。我微睜著雙眼，看著被我壓在下方的女孩，視線朦朧而迷離。鏡頭捕捉到我鬍上的汗珠及泛起紅潮的雙頰。只聽我開始呼喚著阿定的眞名，模糊不清地嚷道，我要射了我要射了。突然，女孩一把將我推開，並且抓住我的雙腿向後壓倒。於是我躺在床上，下半身則被抬起，頭下腳上地彎成了弓形，而我的陰莖開口就正對著自己的臉。畫面中的我顯得驚醒失措，我還來不及反應怎麼一回事，女孩已經握住我的陰莖來回抽動著。才動了四、五下，一道白濁的汁液便噴湧而出，全噴在我自己的臉上；在那之前，我從未想過有這麼一天，我竟會被自己噴得滿臉精液；眼睛、鼻子、嘴巴全裹上了那白濁的汁液，濕黏而溫熱。

不知爲何，我的表情如釋重負一般，彷彿感受到精子們那種未著床的快樂，並且因爲高潮來襲而顯得虛浮，同時顯得羞恥不堪。或許，我一直想窺看別人的性愛，但眞正想窺看的，卻是自己的羞恥；我一直想將自己的精液射向別人的身體，然而眞正渴望的，卻是讓自己成爲被自己精液噴射的對象。

看著被攝也同時被射的自己，我隱約看見了性愛另一層的美麗與哀愁。

看完影片之後，我更加渴望和阿定交歡。我想趕緊看到高潮的她，也想再讓她看看高潮的我。我沒有問阿定爲什麼拍這樣的片，但我知道，她眞的喜歡我。

看見自己的高潮與羞恥之後，我才終於看清楚了性愛中的自我。於是我想，此後，我已無需再寫日記了吧。

評審講評

許佑生（作家、性學博士）

〈被攝／射體的美麗與哀愁〉一文將男性從性愛的傳統角色：觀看者，巧妙轉換爲被看者，並在由主動變成被動的落差過程中，檢視自身情慾的流動，頗富巧思。文中，自拍的A片質材有了新解，成爲偷窺、暴露雙線同時進行的舞台，作者既體驗到以新的視角來重新觀看男歡女愛，也領悟到另一種慾望的出口：自戀。

　視覺，在性愛中一向佔著最吃重的部分。人們也習慣在性行爲裡，享受窺視的刺激與樂趣。本文除了對性愛的視覺元素描摩堪稱細膩，也提出了視覺背後值得省思的議題，正如作者所言「我一直想窺看別人的性愛，但眞正想窺看的，卻是自己的羞恥」。終究，人類在後天文化的感染下，涉及性愛的看與被看，總是無法擺脫羞恥心的干擾。

男體在本文中出現兩項革命，第一，作者從觀看的主體變爲入鏡的客體（被攝）；第二，作者安排成爲被自己精液噴射（被射）的對象。男體，在性愛世界裡慣常以「主詞」自居，但在本文卻演變爲雙重的「受詞」，宛如進入傳統概念下定義的女體，精巧地促使男女間性別意識的對話。

佳作

男人給的，女人給的

樹果

女，一九七二年生，台灣台北縣人。

一直懷著害羞的心，愛好著情色文學。不論是在大學交的報告、出社會後的文字撰寫，我都偷偷夾帶著某些情色的意念。雖然，總是沒被發現，卻也感到自慰般的竊喜。

男人給的

第一次高潮來的那天夜裡，我做了一個怪夢，夢見有一個很大的魚池，裡面塞滿了鰻魚，所有的鰻魚長寬約只有一個拳頭般的大小。我用手抓著光溜溜的鰻魚，然後，一口把牠塞進嘴裡咀嚼，在夢裡，我若無其事的吃著。鰻魚吃起來十分滑溜，很像冰塊且充滿嚼感，感覺一口咬下去時，鰻魚的兩隻眼睛蹦進舌頭下、兩顆圓珠滑進我的咽喉裡。

我嚇得醒來，卻感覺嘴巴的嚼勁還在。

我翻過身去，看著他，他睡得很熟，讓我有一股安定感，那是在女生身上找不到的。也許是寬厚的肩膀，也許是很深很沉的呼吸聲，也許是睡眠裡特有的生理反應，讓他看起來很堅硬。

我的腳跨過他的大腿勾住他，一手順勢抱住他的頭，讓他的臉埋在我的胸口，我的另一隻手在他的胯下撫弄著。

在半夢半醒之間，我們都嗅到一種氣息，那是我性興奮時散發的獨特氣味。這種味道像絲一樣飄散在空中，像是海邊的鹹溼氣味用小火翻烤過，再燻在羽毛上的氣息。慾望越強時，羽毛的密度越高、層次越厚、味道越腥。我也曾經發現，有些女人從耳後散發的、有些從腋下、從乳暈散開，而小妍的味道竟從肚臍眼發散出來。

我把他抱在胸前，他的臉穿透過睡衣撥動著我的乳頭，沉沉的熱氣呼在我的胸口，我感到淫熱而起的癢感，乳頭堅挺起來，像是準備迎接朝陽的向日葵，過分敏感的等待。他還是輕輕地不斷地吹送著微風，花葵下的肌膚，早就像鬧乾旱一般焦渴起來，直到他像貓一樣輕舔出一股股的淫意，我才像貓一樣嗲聲叫起來。

我雙手握住他，和他十指交纏，輕輕地騎坐在他上面。第一次，我感覺到我是個插入者，而非被插入的，這就像凹凸兩個字合成一個大長方體時，凹也能像凸。我試著輕輕地來回移動者，畢竟這種姿勢，是我第一次的嘗試。

我握著他潮濕的手，暗自想笑，第一次感覺他會緊張，讓我更加興奮。一直以來，他都像個表演著，奮力地伏在上面演出，而我回予他熱烈的尖叫。

今天不同，他成爲觀眾，我爲他賣命，感覺自己成爲一個騎著黑馬的勇士，經由不斷往前跳躍的喜悅、自由，坐在他上面的我甚至感受到一種肯定與自信，像領獎那般榮耀，像陽光閃亮在我身上。

我騎坐著他，啊，這種滑溜的嚼感！我下面的兩瓣軟肉彷彿化成紅熱的乾渴嘴巴，我想要嚼食他、啃食他，我不斷地搖擺起來，像是夢中吞食著的鰻魚，我每跳躍一次，就能生吞活嚼一尾新鮮的活鰻。他根部的恥毛輕軟地搓揉著我，和他若即若離，感覺他的兩顆冰涼卵蛋，像是鰻魚的兩顆滑溜眼珠，就要蹦進我的底下的咽喉深處，像是從夢裡傳來的啵啵啵的聲響，讓我感覺快要崩潰。

在暈死之前，我感覺自己被凝聚了，只剩下裡面的軟肉花心，如花朵綻放一樣，舒展開來，像是重播畫面來回放映，一次接著一次，刺激的快感讓我喉嚨乾啞，我像是個貪心的孩子不停地扭動萬花筒，每一轉，都是花朵綻放開來的美麗畫面。我不自覺地奮力迎向這樣的快感，把舒爽推到極限。而當最後一次的巨大快感來臨時，我感覺軟肉不停地後縮起來，往內逃亡，像是浪潮從外而內捲起，濕潤舒爽著我的每一寸感官，我渾身發酸發軟。最後我開始不自覺的發顫起來，身體通過一陣溫暖的潮流，一波接著一波往下送去，我感覺我像男人一樣發射起來。

很奇妙的這個時刻，把慾望衝到了極限，卻轉換成一種無所欲求的滿足感。我的身體像是一片土壤重新被深耕了一次。如果說以前的快感是被他一次一次掘出的，那這次就像是土石滑動般，我的身體自己翻覆起來，傾倒起來。

身體飽滿的精神、心靈至深的肉慾、外來堅硬的陽具，我享受著男性送給我的陰道快感和喜悅。

女人給的

我一直以為我在性方面比別人早熟，遠在不記得年歲的某天。漫長而無聊的暑假，昏昏欲睡的夏日使我攬著涼被，想像任何奇異的事情。然而，我的想像又嗜好重口味，鬼魂、神怪，嚇得最後以鹹濕落幕。我攬著棉被，卻能壓出一陣酸軟酥麻的快感，我一面懷著羞恥感，一面莫名奇妙地享受著無數個難忘的、電風扇嗡嗡作響著的午后。

後來，我懂了，小小陰蒂化身成一具陽具，不斷的挺進、迎合，我喜歡想著喜歡的人然後侵犯他，最後膀胱壓迫陰核，用力一點，撐一點，隨著強大的尿意，就來了，下盤全部放鬆了，開心了，感覺和喜歡的人一起了。那樣的快感是短暫而強烈的，高潮一過即蕩然無存，我很快平復，然後繼續做著無聊的白日夢。

在我又攬著涼被的某天，我並不知道一個冷漠的眼光正在看著我。等我的鹹濕幻想成型，壓著涼被，不斷挺進起來，直達頂點放鬆而滿足後，母親一手把我從棉被上拖下來。

當我的腦袋還在一片渾沌時，鞭子咻咻咻地已經像下雨一般地落在我的腳上。我忘了母親打我打了多久，只覺得雙腳發熱起來，痛感彷彿也在追求一個頂點般，一次比一次更銳利。

陰核高潮像是一個悲傷的種子，當它茁長成小樹時也是悲傷的。

自從被母親痛打的那個夏天起，我連洗澡的時候都不願正視自己的身體，我害怕身體的變化和成長，覺得那些捲曲的毛是骯髒的，微凸的胸部是可恥的，我匆忙的漱洗，羞辱地看著自己的身體。

然而，小妍像一面鏡子，她教我開始認識自己的身體，就像看見一副放大的自身裸體，小妍有溫暖滑順的胸部、深色的乳暈和較大的陰唇。脫下衣服的她，全身都是溫柔的，她常把我摟在胸前，伸手幫我摸背，親吻我的脖子。

我和小妍在一起時，往往也是摻雜著肉體的羞恥感。一開始，兩人就像湯匙一樣斜斜彎曲著，小妍從背後攬住我，一手揉捏我的乳房，一手逗弄我的陰核，有時她會拍拍我底下的花心，想要把它弄溼一點。然後，嫩嫩的手指，在我底下的花叢玩起溜滑梯來，從上面溜盪到下面，當手指騰空滑上去，我幾乎要跟著飛起來。我也喜歡她跟我玩溜冰，大圈圈繞著小圈圈，從側邊包捲到中間，從中間圈回後面，輕柔的轉彎、轉圈，最溫柔且細緻的舒服，只有很小很小的尾指才做的到，爲此，她總是爲我修著極短又乾淨的十指。有時候，她也會在花心上面彈鋼琴，又快又慢，又輕又重，被她溫柔地彈奏著、解讀著，我的身體飛散成很多單音節，不能控制地從咽喉吐了出來。

和她做愛時，我常一邊掉眼淚，一邊呻吟，她會默默數著我的呼吸節奏、高潮的節拍，她總是知道什麼時候我來了，什麼時候該收手，她甚至知道當我陰核的高潮之後非常討厭別人碰觸我的乳房。

總是，直到頂點後我就莫名地嚎啕哭起來，小妍幫我抹著眼淚，從不問我爲什麼哭，也許她的陰核高潮也是一個悲傷的種子，悲傷它不能化成一只陽具。

後來，我才慢慢體會陰道高潮和陰核高潮的差異，男人給的和女人給的不同。無論如何，他們都是我「性」命中很重要的人。現在，做愛時，我偶爾還是會嚎啕大哭，更換不同姿勢或體位時，我更是常常莫名其妙的想到某些人，我想那絕非出自我的心意，而是身體總有自己的記憶。

佳作

春宵菊花兒開

余佳

女，一九六二年生，中國雲南人。

畢業於雲南大學中文系。出國前是北京的一家雜誌社編輯，出國後在洛杉磯出版新移民性史小說《浪跡美國》。現為英文報紙《帕洛阿圖日報》學校新聞撰稿人，上海《東方早報》美國萬花筒專欄撰稿人，目前居住加州。

早春的一個深夜，我正趴在床上酣睡。不知何時，丈夫已爬到我的背上，像一片葉子，將我緊緊裹在中心。他的雙手握緊了我的雙手，手心熱燙，充滿情慾，令我頓時醒過來。他胸前濃密的卷毛摩擦著我的背，酥鬆感傳遍了我的全身。我的耳朵聽到夜行的加州列車隱約而去的聲音，覺得有什麼不尋常的事要發生了！

他舔著我的耳朵，又親吻我的脖子，一只手已牢牢扣住我的乳房，像是農夫的手要從樹上摔下一只半紅半青的桃子來，反復地扭揉我的右乳，我被他搞痛了……。他多有勁啊，棒子又湯又硬，梗在我的雙臂之間蠕動不已。我能感到他的體內有奇異的衝動，他半人半獸的激情，令做妻的我暗自興奮，無論他做什麼，我都會接受。

我的他是一個美國人，叫菲斯特．庫切。菲斯特體格強健，個子不高，是德國人和愛爾蘭人的後裔。他終年到YMCA去鍛鍊，每一塊肌肉都壯實生硬，下身的棒子總是呼之欲出，我不得不去練瑜珈，使自己配得上做他的妻子。我在一所學院教書，繁重的教學工作已使我害怕體力不夠，加上丈夫長夜所要，人生眞的不是我能承受得起的一種過程。體力，成爲我個人的眞實危機。尤其是美國這地方，邪花異草混合，白人要埋的洞非自然所給，嘴裡，陰戶，肛門。

我的丈夫，一直是體貼我的。他跟我結婚，看似偶然其實必然，其中的道理恐怕得細細地說一說，不過，總的說來，這一段緣有點像白種人感染上了「黃感覺」（Yellow Feeling）。他苦苦相纏，被纏的人，始而抗拒，繼而接納，終至兩情相悅。我們的床上生活一直很好，我懷孕，也生了孩子，兩個調皮的兒子有這世上最美的眼睛。我們的混合婚姻家庭在外不能說不完美，但許多事畢竟是命中早已注定，人都是很不容易滿足的。我嫁給他很久之後，他才說他的性趣有時可能與眾不同，他嗜好肛交。我聽了心靈裡充滿了吃驚的平靜。他買了專門講肛交的錄像帶給我看，婚前，我知道愛情是建造在排泄污物的地方，但我不知道肛門也可以用來做愛。看了錄像帶，我恨死這種令人身心窒息的方式。

在我不安全、會懷孕時，來月經、不乾淨時，還有我們吵架、他憤怒萬分時，甚至結婚紀念日到來時，他會要求我肛交。我記得，有一次到了我們結婚N週年紀念日，我們去一個俱樂部打法國巴奇球。他打得太興奮了，站在我後面嘀嘀咕咕地笑話我。我蹲下去瞄球線時，他看見了我白短褲下的雙臀，呆了一下，扔下手中的啤酒，拉上我就走。

他的辦公室就在附近，停下車，他拽著我進了這棟兩層的稅務律師樓。在他的辦公室裡，他講他不想再爲避開我的疼痛傷腦筋！脫下我的短褲之後，他讓我跪在他辦公室的皮沙發上，他跪在我的背後，用指尖輕輕撫摸我的肛門，嘆道：「好一朵肛花！」接著我感到不妙，好像他用舌頭在舔我的那個地方，我本能地叫了一聲：「髒死了，別舔！」他本來膝蓋著地，這下卻翻起身撲到我身上，緊緊地箍著我的腰，哀求道：「肛門是妳身上最漂亮的地方，讓我進去，好嗎？」我嚇白了臉：「不行，不行，我會痛！」

他耳語道：「妳得嫁雞隨雞，嫁狗隨狗呀！妳要轉變觀念，學會肛交呀！大家都會的肛交，妳怎麼能不會呢？」我氣急敗壞的叫：「那個地方又髒又臭，會不會把辦公室弄髒了？」他說：「我小心一點！」我說：「這個沙發肯定很貴的，你不要把大便搞在上面！」他大怒：「妳怎麼這麼實際！」我說：「因爲……。」雖然他在我的後門上舔了很久，也用了按摩油，結果僅僅是他的棒頭進去，還是劈裂疼痛，疼得我下半身都失去了知覺，低頭看看，我下身鮮血淋漓，痛不欲生，腦子裡極度嘈雜，像許多人在吵架哭鬧。菲斯特在我背後，看不見我流淚，我也看不見他，只是覺得他成了一個狂人，在呼呼地喘粗氣，還恍然地說什麼：「我是一個愛屁眼兒的美國人！」沒等他徹底快活，我就站起來跑掉了！

離開他的辦公室，我走路像一隻鴨子。

那次經歷太痛苦，以後就停止了。我敢說天下沒有女人會喜歡肛交，因爲疼痛，因爲髒臭，因爲不自然，還因爲害怕老來患上一種叫「脫肛」的毛病。

後來，我們的性生活變得好像經營家庭事業一樣，有規有律得近於乏味，連我都覺得他的陰莖萎縮了。他一跟我說要肛交，我就生氣。他勸我：「人想在生活裡創造快樂時，最常犯的錯誤是玩得太安全了。把活動的範圍限制在那些你知道能讓你快樂的事情，就等於阻礙了其他的可能性。妳不信妳試試！」我確實不知道自己這一個緊巴巴的器官會給我帶來快樂。

去年，菲斯特得了一場大病。那時我們正在中國，他發高燒，幾天不退，檢查結果是肺血管堵塞，幾乎把命丟在上海。我想了很多，最主要是自問什麼是愛情？愛應當是行動！我乞求他活過來，如果肛交可以改變人生的話，我願意做，多痛我都不在乎。所以，等他好轉，我直接地告訴他，如果他不在世，活著對我沒有意義，跟他一起活著，甚至肛交，才是我人生的眞實意義。可他吃一種叫苦門汀的血清藥，體力都不行了，很久沒有性生活。菲斯特今夜有激情，對我來講是上天賜給我的福份。

我正在胡思亂想，感到他的手放開了我，伸向床邊櫃子上的一瓶凡士林，拿到手裡，他倉促地挖了一些在手裡，將手伸到我的後庭，抹到我的肛門上！我大吃一驚，幾乎立地而起。但我沒有！菲斯特按摩我的全身，他含吻我的每一個足趾，我轉過頭面對著他，看見他笑了笑，說不清是得意還是虛妄。他親吻我的全身，然後他的吊子球在我的後庭夾溝裡慢慢地摩擦，直到我哼哼說好舒服！然後他的棒頭輕輕的頂住了菊花洞，我心裡一涼，咬緊了牙，等著他刺我。他卻悄悄說：「放鬆！什麼也別做，不要故意綳開，也不要故意收緊，自然地迎接我的到來！」我進入他說的狀態後，他又用油用力地在花洞附近搓擦，還輕揉我的陰蒂，直到我交媾的慾望透過聲音傳遞給他，他才終於將槌頭塞進去了。老天，不太痛！只覺得脹鼓鼓的，有點酸疼。他輕輕拔出一點，讓我深呼吸。

我開始冥想，回憶第一次看見他的生殖器，像一根帶電的棒子，大大長長光明飽滿，我被嚇了一跳。他的電棒現在電力弱了，我有點兒傷心，又有點兒高興。我又聽到他說放鬆，不禁深吸一口氣，放鬆了。就在這瞬間，菲斯特的電棒子進入了我的肛門，一插到底，他如受傷一樣哼了一聲！我全身血液奔流，心想，陰道在第一次被戳時不是也會痛嗎？後來不就好了嗎？道理一順，我就眞的徹底放鬆了！原因很簡單，我們的人生短暫，我愛他，就滿足他，女人的使命就是要讓心中的男人死而無憾。我的理想就是爲愛犧牲。

我跪了起來，做出瑜珈的青蛙姿勢。我，此刻覺得心靈上跟他極端的接近！他和我肛交，好像讓我認識了他很久。我也眞正嘗到肛交的滋味了。過了幾分鐘後，因爲他用手摩挲我的陰蒂，菊洞裡又有一條蛇滑進滑出，我得到一種奇異的快感。我的高潮來得非常突然，就同被雷擊中了一般，陰門裡好像射出了一種水，心中湧出來的幸福壓得我要窒息，連眼淚也流出來了，一種類似涼颼颼的血流遍我的全身。甚至，連我的口腔都感覺到了那種幸福，我叫出了聲。他在亢奮中不久後也終於射了精。

事後，他張開雙臂將我擁在他胸前，他的身子滾燙，我的也一樣。我摟住他的脖子，他的心和我的心貼在一起跳得厲害！這件事對我們夫婦倆心理上的震盪一直消失不了。我聞到了臥室裡的空氣中有一股精液的腐味混雜著一股淡淡的糞味，我不反感，我喜歡，這是生命的味道，有這味道比沒這味道要好。

我現在仍清楚的記得，那是二〇〇四年的春天，二月的夜風溫柔地吹拂著我們臥室的綠豆色窗簾。

春宵菊花兒開

61

佳作

那一年夢中的「玉卿嫂」

秋山鷹

男，一九五一年生於台灣台東。

台東中學、空軍通訊電子學校畢業。曾任航行管制官、航管参謀等軍職；上尉退役。服務過桃園、屏東南機場、志航基地及空軍官校岡山機場。現為自由業，喜歡文學創作。

有人說唐詩的「疏松影落空壇靜，細草春香小洞幽」是對女體最含蓄的描述；而「花徑未曾緣客掃，蓬門今始爲君開」是對兩性行爲最直接的暗示。我想若是兩位詩人地下有知，對這樣的詮釋一定啼笑皆非，但也不得不佩服如此創意的聯想力。男生在青春期時，對女生胴體充滿好奇與幻想，更想盡辦法希望能有機會去窺視那「芳草萋萋鸚鵡洲」的廬山眞面目，以解青春期性的苦悶。在那激情又荒唐少年時，相信每個男生都會有「秘密往事」。

我國小時，在家鄉那山村的國民小學是第一次考上鎮上省中的七位高材生之一，挾著村人的祝福與榮耀，意氣風發的前往距離家鄉七十二公里的全縣最高學府就讀。可能是水土不服或離開父母的管教而自由放任，成績忽然一落千丈。初一下學期竟然數學、英文兩個科目不及格，不過還好都有一次補考機會；及格就升級，沒有過關就要接受留級的命運。在那個年代，留級是非常羞恥與丟人的事，所以我的父親趕緊把我再送回鎮上，找人給我補習——那時候還沒有補習班這玩意。

父親拜託鎮長的妹妹幫我補數學，她是台灣大學數學系二年級的高材生。我的「準家教老師」長得還算是清秀佳人，打破「台大無美女」的傳說。不過畢竟不是學教育的，不懂教育心理學，她的教學方法除了「巴掌」，還是「巴掌」，一上課清秀佳人馬上變成恐怖美女。一個暑假的補救教學，我除了擁有巴掌，唯一收穫是知道女生胸前有兩團「軟綿綿不知道是什東西的東西」。因爲是一對一的教學，這位台大美女常坐在我的背後，當然那兩團軟綿綿不知道是什麼東西的東西，總是緊緊地壓得我心猿意馬無法集中意志，所以我的背部永遠是幸福的溫暖，但臉部經常是可憐的熱辣。

初一還沒有上生理衛生課，根本不知道女生胸前到了青春期便會開始發生「山變」。本來我是要住在她們家，可是她們家沒有跟我同齡的小男生，父親只好將我託付給他的一位校長朋友。校長在偏遠的山區國小服務，一個星期才能回一次家。家裡只有年輕的太太和一位五歲小男孩，非常單純，也可以有我這青澀男生的容身之處。在父親的帶領下，第一天來到這寄宿的家，年輕溫柔的校長夫人就讓我非常喜歡，她看起來大約二十七、八歲模樣，高挑的身子窈窕有致，還有一頭飄逸中又泛金的長髮。跟我們村落的那些「女人」比起來，實在太有氣質了。雖然對於「美」尙無概念，但一位女士能讓我目不轉睛盯得捨不得離開，應該就是美吧。

我不是每天都要去補習，一個星期只有兩個下午，其餘時間都是自由的。不過我很少外出去玩，一則對新居環境不熟悉，二則對美麗的校長夫人充滿暗戀；爲了給她好印象，不補習的時候假仙地拿著書本，在她面前故做用功狀。我很快跟她的小男孩混熟，每天才有機會接近他娘——校長夫人。有時幫忙掃地，或搶著在飯後洗碗。校長的家後面是一片空地，洗衣與晾衣都在那裡。早上，校長夫人洗衣服時，我喜歡跟在旁邊，順便跟她的兒子小明一起玩水；但其實我的眼睛視線大部分是落在他娘身上。

蹲在水龍頭旁洗衣服的校長夫人，汗水從額際流過眼簾，再往下滑過下巴，那閃閃汗珠令十二歲的我充滿一種想去撫拭的衝動。而偶爾她蹲在地上不經意張開雙腳，露出白雪般大腿內側和白色的三角褲，我的心跳就更加快速衝動，簡直要從嘴巴跳出來，我們鄉下的女人穿的都是麵粉袋縫製成的四角大內褲，高級一點的是黑色有鬆緊帶的內褲；而那白色三角褲緊緊貼住大腿根部，讓校長夫人那神秘之處簡直呼之欲出。少年的我，不知不覺中在胯間堅挺起一根硬物，同時滾熱地讓我自己都嚇一跳！

從此，每天早上她洗衣服的時間，我總是找些理由在後院打轉，拿一本英文課本假裝背誦單字，其實是要偷窺她洗衣服時不小心張開雙腿露出那令我神往的神秘三角地帶。青春期對女性的幻想與慾望到了不可自拔的極點。偷窺的行爲是矛盾與害怕被發現的交纏緊張，但是意志無法抗拒撒旦的引誘。

她的孩子小明每天跟我玩得非常愉快，讓校長夫人漸漸也失去對我的防衛戒心，不知道我的內心已是充滿邪惡的念頭。我痛恨每週兩天的補習，那台大美女胸前兩團軟綿綿不知道什東西的東西，對我一點都沒有吸引力。而且，我也不喜歡她身上微微的狐臭，哪有校長夫人身上散發那種無以名之的幽香的誘惑。

後來發生了一件讓我困惑又有一點害怕的事。有天晚上，我在洗澡時忽然發現胯下之間的東西變大了，小腹還長出一片細細的茸毛，我不會是「生病」了吧？然後，那些茸毛越長越多，也越粗越黑。難道這是轉大人的象徵嗎？是不是男女生長大以後，尿尿的地方都會長毛？爲解開自己的疑惑，我更注意校長夫人的神秘地方。但是畢竟只敢遠遠偷窺，而且瞬間的一瞄，根本看不到什麼——我恨那三角褲的布爲什麼不透明一點！

仲夏八月的天氣是熱得會把放在鐵板上的蛋烤焦的，尤其五〇年代還沒有冷氣，家中若有一台大同電風扇就是最高的享受。下午在沒風扇吹的斗室，眞是揮汗如雨，苦不堪言。忽然，校長夫人的兒子小明跑來找我陪他玩，兩人玩著玩著竟跑進他們房間。我突然的闖入，校長夫人來不及穿上衣服——因爲天氣實在太熱了，她裸著上半身，露出兩顆圓潤白晰的乳房，粉紅的奶頭嬌艷欲滴；下身只穿一件花色三角褲。開始有點尷尬，但是，也許還把我當小孩，她倒也不怪我這小男生無禮的闖入。她大方躺在床上，坦然看我跟她的小明玩撲克牌。我在有電扇的房裡，卻流得滿身大汗——因爲胯下那堅挺的東西把褲子撐得欲裂；更不敢站起來，深怕被校長夫人看出我是個「早熟壞小孩」而被趕走。

那是我第一次看見女人美麗的胴體，雖然還小，但感嘆上蒼給人類——當然指的是男人，賜予這麼美好的事物。一個下午，胯下之物沒軟下來過；我記得我是駝著背走出房間，害怕那「羞人之物」被校長夫人瞧見。那個晚上，我在夢中看到一個像校長夫人般美麗的裸女走向我，我鼓起勇氣狠狠地捉住那渾圓的乳房，也粗魯吸著那兩粒嬌艷的奶頭——正陶醉中，胯下一陣擋不住的酸麻，一股熱流像被釋放的奔泉四散衝出，整件棉被與內褲濕糊糊黏成一片。

第一次夢遺竟然是這般美妙，但是我不知道那是青春期的自然現象，一直忐忑不安很多天，那棉被還是偷偷摸摸的洗，也不敢拿出去晒，只是用紙搧，搧了幾天才陰乾。有了這次經驗，色膽更大了，只要不去補習都纏著小明玩，當然因爲「怕熱」，就很自然地混進他媽媽房間。慢慢地，校長夫人已習慣我的冒昧行爲，有時甚至不介意，自顧自地只穿著三角褲在床上縫衣服；我終於可以近距離看到她的神秘地帶，偶爾幸運地看見那三角褲邊緣竄出幾根黑亮的毛，也讓我的疑惑獲得解答：男女生那個地方都是會「芳草萋萋」的。

那個暑假因爲數學及英文不及格而痛苦，但卻因禍得福寄住在父親友人家，讓我提前了青春期的成長。我暗戀一個成熟優雅的女人，又能每天圍繞在她身邊，並讓她毫無戒心地被我欣賞她曼妙的胴體，人生還有這麼幸運的事嗎？也許校長很少回家，這個寂寞的女人跟我這才要升上初二的小毛頭漸漸有話談。我雖然不懂長夜漫漫是什麼滋味，但可以體會孤獨的痛苦，像剛離開家鄉時，每天對母親的思念，當然這不能與夫妻長期分離的寂寞相提並論。如果我年齡再大一點，可能就會天雷勾動地火。

有一天，校長夫人說要回娘家，問我要不要一起去，我當然樂意隨行。她娘家騎腳踏車大約需一小時路程，我們沿著一路的木棉樹和苦楝樹，在晨風中去到她鄉下的家。那一天眞的很愉快，我跟校長夫人的小兒子在水塘中玩水，她蹲在岸邊陪著我們，我從水裡看岸上的她，毫無防備地穿著寬大的三角褲，當她側身時褲子斜到一邊，不小心露出半邊的紅唇與黑亮亮的毛，讓我看的又驚又喜，最後忍不住在水中射精了。

那天回到鎭上大家都累壞了，玩了一天，來回又騎了將近兩個多小時腳踏車，三個人風塵僕僕。小明一進家門就不支倒頭睡著，畢竟才五歲小孩。而校長夫人嬌嫩地躺在沙發上直嚷好累好累，我大膽的走過去說幫她按摩，她沒有拒絕，因此我伸出手幫她輕輕地捶背，從脖子到肩膀，一路按下去。校長夫人果然是累了，她竟然睡著還發出微微鼾聲。我繼續按摩，並有意無意碰觸她胸前，她依舊毫無反應，於是我更無禮地偷摸那渾圓的「小山」——那觸覺眞是美妙，雖然隔著衣服，但感覺到兩顆櫻桃般的奶頭也漸漸硬挺起來。

我呼吸急促，口乾舌燥，心臟幾乎要停下來，但兩隻手仍然停不住，更大膽地掀開她的裙擺——上帝，她那白晰扁平的小腹就像維納斯般無瑕得迷人！那小腹下男人夢寐的桃花源僅僅被一件薄薄三角褲遮住，在褲子的兩側邊緣還偷偷地露出幾根絲絨般的毛。我的理智早被色慾打敗，卑劣地把她的內褲掀到一邊，讓整個美麗的桃花源呈現在燈下。我十二歲的小東西早劍拔弩張仰天吐信，想衝鋒陷陣直搗黃龍——但是，我不敢，只是輕輕把內褲再撥回，衝進浴室猛搓著那昂首雄壯的傢伙，不一會兒，把生平第一次手淫獻給馬桶。

那個晚上一直到天亮，總共DIY了五次，也開啓了青春期手淫的惡習，一直到三十三歲結婚才戒掉。那個暑假充滿悲喜與傳奇，校長夫人差一點成爲我夢中的「玉卿嫂」，直到我搬離，她一直不知道我這青澀的男孩偷窺了她曼妙美麗的胴體，並且永遠永遠銘印在我內心秘密的記憶裡。

佳作

傾慕那些美好的身體

double12

男，一九七一年生，台灣台北市人，射手座A型，國立臺灣藝術大學美術系畢。現任花魁藝色館館長，作家兼畫家兼上班族。

沒有眞正做過性服務的工作，一直是我的遺憾之一。

這個遺憾一部分是政治性的，不過更多的是自我缺乏感。我是一個男人，我渴望有人想要我的身體，這個期待隨著年齡增長和身體狀況大不如前，變得比以前更難被滿足。

常聽人說，光靠外表而沒有實力的人沒什麼了不起。我在很多方面都具有人家說的實力，但是我多麼希望我的身體也有人想要。

年輕的時候，我多次想要從事靠身體吃飯的工作，那個時候其實我還沒有強烈的性政治企圖，也沒有接觸過性論述，連性工作這樣的名詞也沒聽過。我只是想要親身體驗那樣的感覺。

我應徵了好幾次。看報紙的小廣告，打電話過去詢問，然後神秘地約定面試，不過從來沒有成功過。幾乎每一次談到最後，都要跟我收錢，根本就不是眞的工作。

最接近的一次，是應徵一份男按摩師的工作。廣告上說他們要徵一名身材高而胖的男按摩師，要服務男客。

我抱著姑且一試的心態打了電話過去，是個聲音低沉的男人接的。

他簡單地說明，他是專門做男客的，接一次兩千塊。他本來是一個人做的，不過有些客人指定想要又高又胖的男人，所以想找個人搭檔。然後他問我能不能接受和男人性交，又問我是否願意試做。我說我不排斥。其實我不知道會是什麼感覺，只是不覺得有什麼非要排斥不可的理由。他和我約在一家汽車旅館面試，看看我是不是眞的敢做。

到約定的那天我很緊張，整天都想著這件事，出門前還特地好好地洗了個澡，噴上香水，換上西裝，仔細地梳理頭髮，還刷了兩次牙，才騎車前往赴約。

我比約定的時間早到了半個小時，不知道該怎麼辦才好，就坐在摩托車上抽煙。一邊抽煙，一邊冒汗，於是我只好把西裝外套脫掉。等到離約定時間還差十分鐘，我才打電話給他。他說他就快到了，要我先去開房間，然後告訴他房間號碼。他還告訴我，會有另外一個男人一起過來，也是來面試的，他要一次面試兩個。我照他所說的開好房間，進去以後打電話給他，然後把冷氣開到最大，把西裝外套穿回去，調整好領帶，保持著我自己認爲最體面的樣子等待著。

過了十幾分鐘，終於有人來敲門了。

我打開門讓他們進來。跟我談的男人年紀比較大，差不多三十幾歲到四十歲之間，一七〇公分出頭，身材頗爲健壯，臉孔帶幾分江湖味。另一個男人看來可能是學生，二十出頭，比我還高半個頭，並且也比我更胖。小小的房間一下子擠進三個大塊頭男人，顯得十分擁擠。中年男人進來後，對我的第一個反應是，我這樣不夠胖。

我不知道要回應什麼，腦袋裡一片空白。接著他問我要不要先洗個澡，我點頭了便開始脫衣服。

那是一間玻璃隔間的浴室，上面有些圖案，但是不能完全遮蔽，所以我也就懶得關門了。因爲只是想把剛才流的汗沖掉而已，我沒有花太多時間。我一邊洗，一邊看到外面的兩個男人也開始脫衣服。他們脫光，我也洗好了。

我問他們要不要洗，他們兩個都說出門前洗過，於是沒有什麼別的步驟了，馬上就要進入正題。中年男人先是對我的身材表示了補充的看法。他說我脫掉衣服以後看起來還算夠胖，看來是個滿意的表示。然後他開始說明我們該怎麼做。基本的流程是先做一般的按摩，舒解筋骨一番，然後再用精油推一次。

接下來就是挑逗的部分了。先把精油擦乾淨，然後唇舌手指並用，開始愛撫對方的身體。重點當然在性器官，除了陰莖之外，整個胯下的敏感地帶都要好好的照顧。最重要的是，不只是要注意怎麼下手，還要把對方當作自己喜歡的人，要讓對方感受到你的投入才行，否則做過一次之後，下次就不會再找你了。

這對我來說不陌生，我常去做油壓。只是以前都讓女孩子在我身上做，這次我要用她們的方式，來替一位陌生的男人服務。

講解完之後，他要那位胖男生先替他按摩，不過沒幾下他就坐起身來，說他做得不對，便反過來替他按摩。做了幾分鐘之後，他要我們兩個開始進行挑逗的部分給他看。

其實從洗澡開始，我就已經比較不緊張了，心跳速度也恢復正常。不過我當時腦袋仍是處於停止運轉的狀態。我和那個胖男生都沒有說話，安靜地聽他說、看他做，直到他要我們兩個開始進行下一個階段，我的腦袋還是一片空白。

我不記得怎麼開始的，也不記得是誰先開始動手，只記得我是等到胖男生呑進我的陰莖之後，才開始回神的。

我的陰莖在一個男人的嘴巴裡，而男人的舌頭正在舔著我的龜頭四周，這是從來沒有過的。很多異性戀男人對於要接觸另一個男人的生殖器恐懼不已，更別說是口交，就連看到兩個男人親熱都渾身不對勁。我是徹頭徹尾的異性戀沒錯，但我親身證明了這件事完全是心理作用而已。

陰莖在男人的嘴裡和在女人的嘴裡，完全沒有不同。被男人或女人的手撫摸也是一樣。當然，如果對方的手特別粗糙，或是嘴上留了鬍子會扎人的話可能要另當別論，不過只要不特別去想，其實那種觸感根本就是一樣的。至於把他的陰莖含進嘴裡，那又是另外一種感覺。

因爲彼此都剛洗過澡的關係，嘗起來一點味道都沒有，其實和吸吮大姆指有點像，只不過粗大很多，並且口感更平滑。

或許因爲含在嘴裡的感覺無法和跟女人做愛的感覺類比，所以「我正在跟男人口交」的眞實感更爲強烈。那種感覺就好像坐了趟全世界的人都不敢坐的雲霄飛車下來一樣，我指的不是搭雲霄飛車的感覺，而是完成這件事之後，那種想要炫耀的感覺。

我清楚記得，我一邊吞吐著那根比我自己的要大上一號的陰莖時，心裡同時有著兩個想法：一個是，好棒！我正在做的事別人一定不敢做（當然本來就喜歡男人的不算）；另一個是，他們都不知道，其實一點都不可怕。

接下來我們在中年男人的要求下還舔了對方的乳頭和陰囊，也試了幾種愛撫的方式，他還要我們對他試試看。

其實我根本不記得後來他說了些什麼。當我含他的陰莖時，我只記得我先仔細看了一番才吞進去。他的陰莖當時正勃起，長度很短，我的已經算短的了，他比我更短，但卻是我們三個人之中最粗的，我差點沒辦法順利地吞進去。

我沒有很仔細地聽他說些什麼，只顧著在比較他們兩個性器官的差異。這是很特別的體驗，雖然男生當兵的時候經常和大家一起洗澡，上公共廁所時也會看到別人的下體，但是從來不可能這樣好好地端詳，而不被視爲惡意或變態。

後來他問我們兩個要不要試試看肛交，我答應了，卻沒有成功。胖男生的陰莖頂上來的時候，我一直沒辦法放鬆，我擔心會很痛什麼的，總之他根本進不來。而我也進不去他的，往前推的時候，覺得要把陰莖硬塞進去，好像也會很痛的樣子，根本不敢用力。

試了幾次之後，我決定放棄，他們兩個卻很順利地開始抽插了起來。

我在旁邊看了一會兒，原本勃起的陰莖也漸漸垂軟，開始覺得無聊。中年男人似乎發現我不怎麼進入情況，便停下來問我要不要先走。這時他抱著胖男生，我忽然有一種「接下來已經沒我的事了」的感覺，於是留下三分之一的房錢，穿上衣服離開。

隔了幾個星期，意外地接到中年男人的電話，問我還想不想做。我想與其去被客人嫌，還不如就此作罷，便回絕了他。說到底，我還是對自己的身體沒有信心。

直到現在，我都沒做過性工作，後來也沒有再和男人有過性行爲，不過我仍然對於那些身材美好的男人女人，能夠讓別人垂涎自己的身體，或讓別人產生性衝動這一點，打從心底羨慕。

我想這也是虛榮心的一種吧。窮人羨慕別人有錢，沒有藝術才華的人羨慕別人能演奏或畫畫，學歷低的人羨慕別人的碩士、博士學位。我這個身材不好的人，則羨慕別人能靠身體賺錢。

說起來，這一切都是無所不在的階級啊！其後我投入了性權的推展工作，鼓吹著性歧視的階級解放，但這是何其困難的理想，我自己的身體就一直都被外來的價值觀所影響，直到今天都沒有眞正從階級中得到解放。

佳作

臃腫濕潤的浪漫

貝爾・傑

男，一九七七年生，台灣高雄市人，曾任電子報編輯、廣播主持人、專欄作家、教師，目前專職家庭主夫，尋找人生新方向中。

從國小五年級性啓蒙的第一天，到今年七月和另一半做愛第一次無法勃起，短短的二十年時光，我總是被肥胖的肉體所吸引。

他們有些住得近，有些住得遠，從台北到香港，台東到紐西蘭。有的說不同語言，有的就算和我一樣講國語台語，也可以輕易分辨出腔調裡些微的差別。他們從小在不同的家庭裡長大，嚴父慈母，或富或窮，現在從事不同領域的工作，其中幾個收入高，其他大部分和我差不多，小康溫飽，想買上一些奢侈品，還必須動用貸款。其中幾個是電腦工程師、幾個是中小企業的經理人，還有一個腳底按摩師傅、一個家樂福的行銷專員、購物台客服、遊覽車司機、廣播主持人、一個退休後在屏東賣羊乳的黑道殺手、兩個偏遠地區的國小老師、一個有上億財產以環遊世界為業的老頭兒、幾個文字工作者，以及一個基督教牧師。

他們少部分會用眞名跟我交往，大部分我不知道他們的名字，其中一些連付帳簽信用卡時都還要遮遮掩掩，在這圈子，眞名如同咒縛，何其沈重。我們只是偶然在某些場所遇見彼此，然後發展了一些深淺不一的故事，這樣而已。

如果只算發生過性關係的話，他們的數量介於一百二十到一百五十。

他們的歲數不同。我迷戀的身體不分年齡範圍，不成光譜分布，只固執的佔據某些典型。不像那些只迷戀年輕肉體的男人，聽到女人過了三十歲，就皺了眉頭。我不是。我愛過的他們佔滿十九歲到五十三歲，有的稚嫩有的老成，長相或者粗獷或者斯文白淨，蓄鬚或者不蓄鬚，但總是胖。

有的從小就胖，另一些則是中年發福。他們的綽號大多跟動物有關，包括熊、豬、河馬和企鵝，另外還有一些難聽損人的，他們大多也已經習慣，甚至把自嘲當作社交的起點，談笑風生後，距離近了，生意也談成了。他們大多人緣不錯，異性緣則稍差。他們有些臉圓，有些雙下巴，有些手粗腳粗，圓潤的身體線條不著一點骨感，皮膚有的光滑有的粗糙，有些讓人聯想到水果，甚至剛挖過的冰淇淋表面，但總還是令人著迷。

他們有的開朗，有的偏執，有的已經老練成精不再相信人性與愛情；有些信仰努力得來的正義，另一些則只信仰酒瓶裡的人際關係；有的愛家，喜歡在門口的玄關桌上擺一盆水生植物來增添家的溫暖，另一些則不。他們搭不同的交通工具離家，然後走不同的路回來，已婚或未婚，甚至有幾個孩子。他們有不同的價值觀與理想，也有各自的人性弱點和無法解決的困頓。在與我短暫相遇之前，他們已經準備了許久，不一定是爲我。我們不期而遇。

或許在某個共同朋友生日的派對，還是某間 Pub 杯觥交錯時無意燃起了慾火；或者剛好，我們用了同一家網路交友頻道，透過簡短的自我介紹，一張照片，一點人生巧合加上一些詐術，我們認識，無關晴雨，咖啡館或孤兒院，法國菜或者日本壽司，最後卻聚在一起。也許談談天，也許暗地裡偷偷捏了對方的手，然後一夜相交，在哪間便宜的小旅館，淋浴後將自己的性器遞進他們的手。也許之後還延續見了幾次面，變成朋友，或者成就一段小戀愛，甚至在各自還有伴侶的情況下，仍然維持一點穩定、沒負擔、隨傳隨到的性關係，不過大部分，我們從此不再聯絡。

我只會一次又一次重新搜尋他們的身影，另外一些「他們」。捷運站、百貨公司到公共廁所。一只只寬闊的肩，連接著壯碩的手臂。他們有些脖子的線條比肩膀粗壯，充滿皺折。他們的肚子是重點，必須圓滑飽滿、肥胖溫暖，適合被擁抱、被愛，像塡充玩具一樣充滿療癒效果。肚子形狀不得太尖，最好連腰際兩側的肉都長好，像桃子而不像梨。

同好說，肚子向前尖起的，或者手細腳細的，是中年發福，不是從小就胖，時間不夠，醞釀不出結實的味道，是飼料豬，不熊，手感不會好，抱起來不平均，幸福的肉慾會少。我笑。我同意。

我卻不像他。他愛先天肥胖，後天卻又勤跑健身房的健壯胖子。我只覺得那樣的粗壯線條太過不眞實，是台北都會風格，是人工製造，著了相了，連乳頭都墮入魔道，總帶著一點過分的橡膠感，不好。所以勞動階層的胖子是我理想的性伴侶，他笑說我連性愛都左傾，該一起被送去勞改。

卡車司機、版模師、搬運工、農夫、建築工人；再來柔道教練、警察、摔角手或者體育老師，既野性又放肆。胖子一旦粗野，就長出風格來，不再是資訊社會辦公室隔間裡養大的生物，而是山裡田裡走出來的粗壯漢子，連汗水脈搏都要噴著自然的甜味。他們對待自己身體的方式很簡單，就是用，而不是愛；是伙伴，而不是展覽。因此，他們身體的曲線渾然天成，帶點小缺點卻均衡，像野生植物而不是盆栽，他們的身體就是他們的歷史。

於是一次一次，當我們接觸，在某個陰暗夏天午後的旅館，或者三溫暖隔間的榻榻米上，我們把自己重新介紹給彼此，用手、用嘴、用性器官、用身體的孔竅互相試探。舌頭挑逗齒齦，吻開對方的憨。手肘滑動對方被柔嫩脂肪包裹的肉體，卸下武裝，忘掉禁忌的規則，脫掉T恤或者絲質襯衫，隔著褲子的布料觸摸逐漸膨脹的慾望，然後將手穿過彼此肥膩卻充滿韌性的腰，先試探，再大力擁抱，像害怕失去什麼一樣。

享受一種不張揚的強壯意念藏在肥胖的肉體裡，不去用力就顯得緊繃的皮膚線條，像一首沒有顫音的歌。把手放在光滑柔軟的臀部後方，十指交握，然後用指尖在上面留下一小排疙瘩。看肥肉裡藏著的陰莖慢慢勃起，然後隨著重量壓上來，覺得充實，覺得被需要，聽肌肉拍打的聲音數拍子，然後感到一陣溫暖……

從國小五年級性啓蒙的第一天我就喜歡胖子。我熱愛肥胖的、矮的、性器粗短的、老態的、成熟的、禿額的、滿臉落腮鬍的胖子，無須追問基因天生或者後天教養，更不用去分析是個人口味問題還是心理缺陷補償。這就是我的方式，我不可改變的性趣，是癖好，是秘密宗教。

我在幾千部電影裡面看主流價值卿卿我我，你又何曾這樣看到我？電影杜撰了你的幸福場景，我卻無法勃起，你怎麼會懂我的浪漫？你怎麼會瞭解，當媒體每天用不同方式嫌惡肥胖，我卻視若珍寶；當世界設定了玫瑰爲愛，爲何我卻獨愛向日葵？

我仍會繼續探索每一寸臃腫濕潤的陌生領地，在上面插上自己的旗幟。肥膩的腰、兩側的贅肉、手指如菇柄般粗壯而短，腿、膝蓋的紋路、捲曲的鬚根、大腿兩側的凹陷、髖骨、鎖骨、後背的淺溝、喉嚨深處的小池塘、肚臍眼裡的斑點、股溝裡的細毛、藏在皮膚表皮的脂肪瘤、紅色或黑色的痣、呈M字型的髮線、皮膚的顆粒、乳頭、陰囊的皺折、腳拇趾的彎曲角度……

肥胖讓身體比例變得粗短，讓臉龐變得柔和，讓笑容變得憨厚，讓動作變得可愛，使過多的汲汲營營收住了勁，心機暫歇，榮辱讓位，讓我可以把腳步放慢，停下算計的腦袋，把自己全交出去，放給那片寬闊的胸膛來承擔。那種溫柔並不軟弱，而是誠懇，那種臃腫，既濕潤，又浪漫。

當大多數人正努力減肥，並且引述了健身教練、媒體廣告、命理學家、營養師與一面倒的醫學報告，告訴大家肥胖是病，肥胖是罪，我卻毫無疑惑。當大多數人恨自己的肉體，開始塑身，並且將自己的心練得狹窄的時候，我反其道而行。

讓你們繼續你們自己的遊戲，崇拜苗條，唯瘦是愛，對肥胖嗤之以鼻，以健康與美感爲名，把我的愛人們從電影與媒體的角色驅逐……這時，我的性高潮，才正要開始。

佳作

想我親愛的弟弟們

好好

女，一九七五年生，台灣台北市人。遇過不少很好和一些不太好的弟弟，還有幾位非常好的妹妹。能夠有這些經歷，覺得好好。

看到我跟弟弟親嘴親得很開心，男人雖然很累，但也寵愛地看著我笑：「難分難捨嗎？」

我含著弟弟點點頭，繼續和弟弟深深地吻著，直到弟弟揉遍口腔裡每一個角落，一次又一次。

「妳跟弟弟是好朋友嗎？」男人問。

「我跟弟弟是好朋友，就算有一天跟你分開了，我跟弟弟還是很相親相愛。」我繼續吸吮著弟弟，含糊地回答，希望男人閉嘴，不要打擾我和弟弟相濡以沫。

十七歲第一次和小男朋友互相探索彼此的身體。當時身體還沒發育完全，對方可以輕易將大大的手伸進寬鬆的制服裡，覆蓋在小小尖尖的乳房上撫弄。我則整個人跨坐在對方身上，感受年輕男孩緊繃褲襠的衝動。然後輕輕扭動還不夠渾圓的小屁股，引導對方將另一隻手翻過百褶裙，指尖溫柔地在大腿上哈癢，我的笑聲會很無邪放肆。當修長的手指滑進小內褲逗弄到濡濕，想進一步往更裡層探入，我倏地站起，拉好衣服裙子，滿臉無辜的說：「人家會痛。」但眼裡藏著笑意挑釁著——看・你・什・麼・時・候・有・種・強・

姦·我。

不過公主的意氣風發並無法長久，得知對方的前女友以割腕加獻身攻勢企圖奪回愛人，我也不能坐以待斃。模擬考完的午後，我們在他家的公寓樓下會面，心知肚明地從樓梯間開始，熱戀的吻著、擁抱著、揉捏著彼此，年輕的戀情需要肉體證明。當衣衫不整撲倒在對方家客廳的地毯上，粉紅色修長的肉柱也從白色內褲襠口邊鑽出。

「妳可以親親他。」對方提示有點呆住的我。

按照指示我立即回神，完成了一切事先自腦袋預習加上臨場發揮的動作。

對方當然一副享受沉迷的模樣，但終究沒有射精這件事讓我有些在意。肉柱有些「猙獰」的長相也讓我十分在意。

之後好一陣子，老師在講台上替大家複習考前重點，和著接連不斷的複習考試，我總是容易陷入斷層空白，肉柱巨大又不美觀的形貌一直向我襲來。

「你那裡受傷過嗎？」我終於忍不住問了對方。

「沒有啊，我連包皮都沒割。」對方很驚訝。

「那……爲什麼上面會有那種凸起來的筋？」

「那個，大家都有啊。這是人體的一部分耶。不然妳以爲勒？」

「嗯……就以前看《城市獵人》的時候，不是都長得像試管那樣……」

「因爲那是搞笑漫畫，不是A書。」

人生眞的不能只從書上去認識。每每看羅曼史小說或者香港三級片，將處女的第一次浪漫描繪成「痛並快樂著」。似乎咬著被單，手抓著枕頭再流幾滴淚，嘴角就會展開滿足的笑意——哪・有・這・麼・容・易。

年輕男生有時會爲了珍貴的首次獻上不得了的耐性。一開始我也以爲自己忍痛功夫到家，沒想到連插入手指的數目從一增加到二，都讓我疼痛不已，更不要提眞槍實彈的進入。

「我想打開妳。」對方在我耳邊溫柔低語。

每一次疼痛的嘗試，我都會得到一次滿足的口交作爲補償。到後來也自私了起來，理所當然地在短暫的疼痛後享受大大的愉悅，然後沉沉睡去，任對方到浴室去自行解決。

後來對方終於勉強進入我的身體，在已經進了大學後的秋天。然而也並不是男女生殖器交合後就能達到無上喜悅的境界。

終於我們對彼此都失去耐性。

「我想跟妳做愛。」男孩瞇著眼笑得很迷人。

按照之前的經驗，我的妹妹在做愛時總是會痛多於快樂，所以跟男生們約會親密到一定程度，我總是會就此打住。

可是我實在喜歡這個男生，還多了一些虛榮心——系上的浪子耶——我轉身，熟練的騎在對方身上，勃起的弟弟居然並不困難地進到妹妹裡。

因爲沒那麼痛，我大膽的扭動起下半身。並沒有太激烈的過程，不過就正趴下身子抬起屁股進行第三個姿勢時，男孩有點尷尬的說：「對不起，我來了。」

其實我心裡鬆了一口氣，覺得不用太花力氣就讓對方滿足。

畢竟老是讓男性來取悅，在性愛上好像有些「道德不正確」。

「男生沒割包皮，清理時會不會很麻煩？」問這個問題的時候，浪子已經是我男友了。

「不會啊，我常常一天洗兩三次澡，每次洗澡都會順便洗到，很方便。」

「不是說勃起的時候會痛？」

「還好吧，那要看個人情況，有些人是包皮過長。」

「可是以前上健康教育課，老師不是都說男生要早點割比較好。」

「哪有，我覺得割了以後，弟弟頭就露在那裡，很不含蓄。」

「你看過割過的弟弟啊？」

「上廁所的時候一定不小心會看到啊。妳沒遇過割過的嗎？」

當然遇過，也有你說的不含蓄的那種，但怎麼會在你面前承認呢。

「而且我的也沒有太大，不會有包皮太緊的問題吧。」

「你跟別人比過嗎？」

「沒有啊，游泳隊洗澡的時候一定會互相看到啊。我覺得我算小的吧。」

的確算不大，不過做女朋友的絕對不會承認深有同感。

因爲弟弟沒有太巨大，讓兩人在初交往之時能較輕易的謀合，反倒是個優點。只是時間久了，沒有太大的弟弟和變不出新花樣的前戲技巧，讓女孩感到無趣。

總不能老是靠著偶爾偷出軌，用罪惡感換來一陣子的濃情密意。年輕人也沒有本事將身體歡愉及眞心情愛分得那麼清楚，久了自然迷惑起來。

「你・從・來・沒・有・在・身・體・上・眞・正・讓・我・高・潮・過……」吵架時不小心說出重話成了壓死對方的最後一根稻草。

分手弄得很難堪，讓自己愛過的人這麼狼狽也不是好過的事，只是多年後想起還是相信：誠實爲上策。

「妳很貪心嗎？」男人應我要求，陪我尿尿。

「因爲我跟弟弟是好朋友，一點都不想分開。」

我蹲在馬桶上尿著，把臉一湊向他的胯部，弟弟一聞到我的氣息就熟悉地舉起來，和嘴巴交合。

「弟弟也想尿尿。」

「那要尿在嘴巴裡嗎？」我相信自己此時天眞無邪的表情和色情的話語，應該可以成爲A片裡的經典畫面。

「還是要尿在妹妹裡？我還沒尿完，讓弟弟跟妹妹一起尿好了。」

於是男人在馬桶上把我架起，浴室地板都濕了，也就順便洗個澡，把身體沖乾淨。

從浴室出來，我們乾爽著身子倒在床上，弟弟又起身吻著我的屁股。

「妳看弟弟一遇到妳就起來。」

「因爲我很疼弟弟啊。弟弟乖，進來找妹妹玩……」

已是下午近黃昏，雖然從昨晚一路玩到現在，中間或倒或躺休息片刻，但總能繼續玩樂不厭煩。男人的房間會西曬，我裸著身子起來拉窗簾，看到對面大樓窗戶有身影往這兒看——城市裡千千萬萬個窗戶裡，有多少人正在做愛呢……

初出社會的小女孩正被帶著權力春藥的上司迷惑著，坐在辦公桌上露出新鮮的乳房給豬頭中年人啃食。

研究室裡的日光燈閃著，滿地的回收紙鋪成床。平日溫文儒雅的教授埋頭舔著女孩的褲底，顯得特別猥褻。

巴黎市區的小公寓，來自加州的拳擊手超大尺寸讓女孩嚇得不敢嘗試。

跑過天安門民運的資深記者還是抵不住長期禁慾難耐，在剪接室裡壓著女孩靠牆，一邊早洩一邊寂寞得哭起來。

老律師的加長黑轎車就是最好的密室。已經鬆垮的手伸進女孩的私處，白花的鬢角散發著高級古龍水味道。幾十年累積的性愛技巧其實讓女孩很享受。

檢方名單上的黑道大哥，深夜裡將女孩騙車接走。江湖的霸氣和回憶年少的柔情，讓女孩再也沒有辦法抗拒，翻雲覆雨，直到天明。

做過那麼多愛，睡過那麼多男人，最後還能遇到一個好契合的身體，好喜歡的弟弟，我覺得自己算是很有福氣的人了。

「如果我改行去當A片女優會紅嗎？」又一番纏鬥後，我們疊在沙發上，我隨口問著。

「不會。」男人居然認眞考慮後給了答案。

「爲什麼？」純粹虛榮，這種問題一定要爭。

「因爲妳太樂在其中，妳看日本A片紅的都是那種受虐狂。而且他們女優都很幼齒，汰換率也很高，小澤圓已經不紅了。」

也對，不是小女生了。回首望去，一路上那些各形各色的弟弟們，自己豐富到溢滿的性愛人生……

想我親愛的弟弟們。

佳作

台北自慰隊

今夜博士想從後面來

男，一九七五年生於台灣台北。

做過英文翻譯，承包過上百萬的軟體工作，是資歷長達十年的劇場演員，也擔任過雜誌的特約記者與專欄作家，寫過一齣歹戲拖棚的偶像劇。沒有存款，是個成天自慰的**LOSER**。並不熱衷失敗的生活，但卻戒不掉。

既視感

人到了三十歲，有妻有兒，有樓有車，還會不會自慰？

還是高中生的我趁著家人都已經昏睡，悄悄起床到客廳裡播放一部妙齡女郎泡沫洗車的錄影帶時，我曾以爲這個問題會有個光明的答案：「有一天，我會有個溫柔美麗的老婆，然後和右手說 bye-bye。」

但事實很殘酷。

當貓女兒用黑漆漆的大眼睛由下往上瞪視著我，我眞的很害怕那精華會弄髒她一身皮毛的漂亮。「別好奇啊，我的女兒……」這是老爸最羞恥的時刻，就讓我一個人孤獨地慷慨赴義，好嗎？老爸告訴你，所謂的三十歲，就是很多個被老婆踢下床的夜晚，很多個對月長嘷的淒苦寂寥。所以我想告訴那些以爲桃源鄉就在明天以後的高中生：「你別想逃避自慰的夢魘！」

事實上，這一切彷彿 Deja Vu，我早已預見了這樣的未來，只是沒有承認而已。

高中時代曾經崇拜過一對宛如神雕俠侶的文藝夫妻檔，他們吟詩作對、相敬相愛，恰似天地間那唯一無可名狀的圓滿結局。但某個情人節的夜晚，他的妻子竟找我買醉，傾吐胸中壘塊，讓我在少年私有的興奮中首度窺見了部分的謎底。不久，偷偷翻閱她丈夫留在桌上的筆記本，讓我窺見了更巨大的事實：「……妻就在門外靜靜地睡著，而我卻一個人躲在廁所裡打手槍……」

丈夫的手記裡明白地寫下我十五年後的預言，只是當時的我因爲蒙昧而無法察覺。

黃金時代

十五歲的時候，就讀台北某間明星國中的三年級。當時的我已經唸了太多的書，夜自習再也無關緊要。數十個早熟少年唯一關注的，就是晚上九點放學後的黑暗迴廊。在這個絕大多數同學都已經回家休息的時刻，無光的校園就是惡念滋生的溫床。我們幾個心有靈犀的朋友會在走廊上把手伸進彼此的書包，交換各自的戰利品與收藏。除了可貴的友情，那些可供交換的原物料是玉體橫陳的書刊、是變態描述的文學、是愛情見證的錄影帶。

「這就是你的性史見證嗎？」來自天頂的如雷貫耳之聲嚴厲地問著。沒錯，這眞的是遜到一個不行，我幾乎可以看見許多美麗風流的溫存對我發出無法逼視的萬丈豪光。啊，不，眞正的羞恥還在後面，你知道嗎？自己愛自己的羞恥。

國中三年級，以幾乎可說是有點晚的年紀，莫名其妙地學會了自慰。有點像是猿人第一次舉起骨棒、發現武器的用途一般。我覺得有點噁心想吐，但是卻無法停止。

同年某個運動會的日子，我意外跌斷了右手，那是聯考前的一個月。當天晚上的夜自習有例行的黃色書刊交換，所以我沒有馬上將病情稟告師長，隱忍至夜晚的交換結束後，才立刻躲到廁所裡盡情翻閱。雖然只是靜靜地翻閱，但卻讓我與廁所展開了一段不解之緣。事後，我靜靜地到醫院掛急診，醫生對我的忍耐力瞠目結舌。沒人知道這是性對十五歲少年的重量而已。

後來因爲不喜乞求憐憫的個性使然，我漸漸成爲色情書刊的中盤商與個體戶。在生澀的少年時代裡，我是少數同時擁有足夠的經濟力與不怕羞的恥力，可以單刀勇闖光華商場與各地意淫掮客的買家。某個下午，我在仁愛路附近買下了最新的出版品。路經某官家辦公大樓時，突然有股強烈的願望，想要知道熱縮膜封套裡的內容到底是什麼！

要知道，當年的色情書刊包裝與內容不符，可是家常便飯的小事。

我故做鎮靜地走進辦公大樓，四周傳來中英夾雜的笑語交談聲，人人西裝革履。我慢慢地走上大廳裝飾華麗的旋轉梯，進入二樓轉角的洗手間裡。我拆開熱縮膜。人妻的封面主題變成醫院裡的合歡故事。沒關係。對於十五歲的少年來說，其實並沒有太大的關係。

這間官大樓或許因爲地位重要之故，廁所的設備先進，亦維護得十分乾淨。翻動著書頁的手漸漸往下探去，我從沒想過自己會有這麼大膽的一天！透過薄如紙的隔間，我不停聽到人來人去的聲音，但我卻有世界只存一人的幻象，這就是自我過剩嗎？

於是，我在公共場合（雖然不是在眾目睽睽之下）發射出充滿恥感的苦悶。事後倉皇逃跑，再也不曾進入這座大樓。

眞正的結局

在我小學的時候，我的母親規定我一天只能吃一大匙的冰淇淋。那時的我常常盼望長大，用自己的錢去買一大桶的冰淇淋，按照自己的願望，不與人分享地把整桶吃光。過了很多年，我的確長大了，也開始知道營生的辛苦，但卻一直沒有眞的去吃光一大桶冰淇淋。原來所謂的長大總是和我們所想的不一樣。

那時我就讀市區的某所大學，賃居在汐止的套房裡。某個通車往返的夜晚，我一個人走進冷清的台北火車站。大廳的掛鐘已經迫近十二點，整個火車站都籠罩著日本電影式的藍光。

「還有十分鐘。」我看著時刻表想道。我決定利用這少少的中場休息，到地下室的洗手間圖個方便。

地下室的洗手間照明昏暗，除了我以外，還有一個男子在裡頭小解。男子比我早到。

但奇怪的是，我都已經完事在洗手，那男子卻還在小便斗前崇動不已，而且一雙怨毒的眼神不停地往我的方向射來。我感到詭異，不太禮貌地回頭注意他的行爲。

原來這個看起來很清秀的男子在打手槍！

公務員打扮的清秀男子站在小便斗前，不停地搓揉著自己的陰莖，那眼神是叫我別再看了，還是繼續看下去呢？沒有恐懼感，也不覺得猥褻，只是不知道這時該怎麼做才能表現我的體諒，只好趕緊離去。

站在無人的月台上，我有種想放聲大笑的感覺。我的腦海裡不停奔跑著各種想像——男子和母親相依爲命地住在一間只有兩房的小公寓，男子參與一場除了尷尬別無其他的相親筵席，男子看著《蠻王柯南》電影裡的賁張肌肉與塗抹動物麝香的惡女興奮不已……還有自己多年前在仁愛路上的秘密。

原來大台北的公共場所裡，到處都是自慰隊的夥伴嗎？我一邊想著，一邊走回和女友同居的棲所。

但眞正的結局卻發生在台中火車站。

數個月後，我和妹妹南下拜訪居住在台中的父親。在熱鬧的台中車站前，妹妹把手裡拎著的蛋糕託付到我的手上：「我去上個洗手間，馬上回來。」

車站與洗手間的意象馬上讓我聯想起這段往事。我吃吃笑著，心想待會一定要把故事告訴妹妹。

蛋糕再度交回妹妹的手中，我決定也去上個洗手間，再來說這故事。

這是夏天的午後，台中車站十分熱鬧，人來人往。我心中構思著故事的情節，包括各種增添氣氛的香料與遮掩羞恥的兜襠布。想著想著，某種神秘的宇宙波動閃過，我轉頭看，一個微胖的少年正專心地握著自己的雞雞上下套弄。

是病還是寂寞，是性還是非關性。鋪天蓋地的，某種溫暖的、寂寞的、荒謬的、可笑的、輕鬆的感受包圍住我。即便我有溫柔可人的妻子，有十二萬分純情的貓女兒，我想我還是會繼續自慰另一個三十年。

佳作

情慾禁忌密碼

勳風明月

女，一九六九年生，台灣基隆市人，中國文化大學中國文學研究所博士，現職為大學副教授。多有作品發表於報章雜誌。

我極愛我的男人，他和我是同一類型的人，都喜歡探索生命的無限可能，經驗生命的各種刺激，因爲敢於承認情感善變、慾望無窮，所以更是努力延長愛情的保存期限。這個懂我的靈魂的男人，給我放鬆的感覺，兩個人可以強烈的相依爲命，卻又像是以各式各樣的生命形式，理直氣壯地用自己的方式存活著，享受著歡愛。

荷蘭，一直是我們夢寐以求去旅行的城市，到了阿姆斯特丹的第一天晚上，便往著名的紅燈區走，拜訪過讓人臉紅心跳的性博物館、情趣用品店；進入「香蕉酒吧」點了兩杯啤酒，這間酒吧的招牌是一個半裸的女人騎在一根碩大無比的香蕉上；再經過卡薩羅素色情劇院，不必入內看脫衣舞孃或春宮秀，情緒早已被挑撥得火熱奔放。

紅燈區，早在十三世紀，就隨著港口的發展而興起；離家已久的水手上了岸，絡繹不絕的直奔溫柔鄉尋求身心的慰藉，所以這裡的色情事業歷久不衰。每天當夜幕低垂，每個櫥窗上紅燈亮起，在那一排排的小巷子中，穿著性感火辣的女郎們，黑、白、黃各色人種都有，燕瘦環肥就像展示商品般，在櫥窗中以性感的薄紗或內衣，對著路人舞動身軀、擠眉弄眼，展示自己的身體。如果客人有興趣，就停下腳步，女郎們會把握機會，用眼神或動作鼓勵客人上前詢價，當客人敲門問價錢，只要價錢合意，客人馬上入門，女郎就拉上窗簾，在櫥窗裡的小房間，滿足客人的需求。每一個窗簾裡都讓人有無限的遐想。

我的男人對「金絲貓」有好多綺麗的幻想，不要說他，我也十分欣賞金髮女人的高挑身材。不曉得是不是到了這個世界最開放而寬容的城市，我也變得阿姆斯特丹起來，藉著幾分醉意，我在一條充滿男性賀爾蒙的小巷子裡提議說：「今晚，找一個我們都喜歡的給你玩。」其實，我是爲了要滿足自己的好奇心，那樣的性事，究竟是怎麼一回事？

我們帶著冒險的精神，探索到了紅燈區的心臟地帶——特隆比特蘭巷，據說身材最曼妙的櫥窗女郎都集中在這裡，也正因爲這裡的女郎是紅燈區最漂亮的，所以多數櫥窗內的窗簾是拉上的。正好有個年輕黑人從櫥窗走了出來，門被關上的同時，窗簾也被拉開了。是個金髮美女，我大叫著，我的男人瞧了一眼說：「可是她才剛做完生意……」話還沒完，已經又有另一個男人進去了。

穿過運河，沿著波光燈影前行，眼前紅茫茫一片，點綴著這個迷離縱情的不夜城，我們像是走進了霓虹閃爍的幻境，我的男人突然在大街上輕吻我，情慾氛圍更加流動撩人。

我們又跟著人群繞進了一條小巷子，就在第三個櫥窗，又見到一個對我們微笑的金髮女郎，我停下了腳步往裡看，女郎開了門。我握緊男人的手，要他開口問價錢——五十塊歐元，我也加入的話要一百歐元，時間是十五分鐘。我們還在思索這個價錢的合理性時，窗簾又被拉上了。轉身要走時，見到身旁一堆堆駐足的男人，才發覺自己身爲女人的突兀，是的，穿過這幾條巷子，除了見到走在旅行社導遊旗子後面的女人外，根本沒見到男人牽著女人在詢價的。

「十五分鐘，怎麼那麼短？前戲還不夠呢？」我的男人對於我的疑惑感到好笑，他說，那是她們的工作，只是純粹滿足男人的性發洩。此時，我們又見到一位金髮的櫥窗女郎倚窗等待，對著我們伸舌頭；我們上前詢價，說法一樣，只是她的時間是二十分鐘。我的男人還是又拉著我離開了，說是太「幼齒」了。

我們走到有些累了，卻被一陣甜甜的氣味給吸引，走進掛著「Coffee Shop」的店家，原來這濃濃的甜味，就是大麻味。我們入境隨俗點了兩根大麻煙，因爲不會吸煙，一直被煙嗆到咳嗽不已，後來找到秘訣，快意便油然而生。我們走回飯店，又來了一場熱烈交歡，不過歡愛的感覺是平順柔和的，我打破紀錄達到頂峰有六次之多。空氣的味道夾雜著肉慾、粉香與大麻。

隔天，我們搭火車到比利時的布魯塞爾，火車快到站時，我突然見到鐵路旁也有紅色幃簾，或垂或開，驚訝地大叫，我的男人說怎麼我比他還興奮。下車後，才發現我們提早下車了，這是北站，下一站才是中央車站，我直覺是天意，我的心情一直是很矛盾的，可是說不上爲什麼好像是命中注定要一起經歷一件特別的事情。

我們到大廣場的露天咖啡座下午茶後，除了沿著旅遊書上的散步路線走外，還意外到了書上沒有介紹的公園和廣場。走著走著九點多鐘天色漸漸暗下來，因爲找洗手間，好像迷路了，後來居然又走回了北站的車站後方，我們又見到搔首弄姿的色情展示，本來感到有些疲累的，眼睛突然又爲之一亮。我的男人先是說這裡的價錢應該比較便宜，後來又說看看就好，不知他是眞心還是假意？來回走了兩趟後，我可不想再重蹈阿姆斯特丹的覆轍，而且我是實際的行動派，於是他在一個動感十足的金髮女郎的櫥窗前停下腳步時，我主動對女郎示意，女郎開了門。

我問女郎：「I watch. You and him. Ok? How much?」

女郎點頭說是四十歐元，於是我的男人被我措手不及地推了進去。進去後，我先見到一個小吧檯裡有個壯碩的男人，應該是保鑣吧。女郎又拉開一個簾幕，引領我們進去，裡面有一個三人座的沙發，沙發上面鋪著布，對面有一個掛衣架，旁邊有一個破舊的暖爐，燈光是昏黃的，但還是太明亮，整體上我覺得很簡陋。

女郎用簡陋的英文和肢體動作對我們解釋其他的服務和費用——如果要加上口交和撫摸

她的身體就要再加十塊錢。時間呢?我問她，她聳聳肩，雙手一攤說：「How will I know?」我覺得很划算就一口答應了。她先向我們收錢，額外還要了兩塊錢到外面去拿保險套，同時要我們脫衣服。

我感覺他的心臟劇烈地跳動著，他邊脫衣服邊說：「快啊！妳也脫啊！」我說：「我不要，我對女人沒興趣，我看就好了。」我幫男人把衣服迅速卸下。女郎進來了，也是迅速地把內衣褲脫了，然後坐在沙發上，揮手叫他去，他有點羞怯地走過去，不知下一步她要做什麼?當他一站到她面前，她就打開保險套硬是把保險套套進還沒有反應的東西上，然後動作快速地上下吸吮起來。我的男人無辜地看著我，對我求救說：「又還沒有，這樣好奇怪，我不要啦！」聲音像個被欺負的孩子似的。

的確，現在的場景和我的想像落差好大。從外面看，櫥窗布置成火紅色，我以爲交歡的環境，感覺應該是熱情如火，就像A片裡所演的一樣，女郎先在你面前跳個艷舞，在誘人的燈光和音樂中進行這件美好的事情，沒想到連撫摸的任何動作都沒有，而且口交的動作讓人看起來是很應付的。

我趕緊走過去鼓動我的男人，我愛撫著他的臉，和他接吻，希望他不要洩氣，畢竟勤儉是美德，總不能白花錢，我叫他摸她，可是他說她好像有意擋開他，接著不到一分鐘，女郎躺倒在沙發上說：「Baby, come! Come!」

他更感惶恐地看著我說：「可是我還沒有啊！」

我還不知該怎麼辦時，在她繼續的催促聲中，他已經被她拉到他身上了：「Baby, fuck, fuck!」他還是繼續對我發出無助的眼神，說他不行。我找藉口說要去上廁所，我想我離開他應該才可以有正常的表現；他看出我的計謀，堅持不要。

終於女郎表現了A片的水準，表情豐富地淫聲蕩漾，可是我的男人居然側著臉對我說：「奇怪，她是在叫什麼？根本就還放不進去。」我的男人就在此時喊停。女郎起身拿起面紙擦拭時，還對我解釋說，他很愛我，所以沒辦法，如果我不在場的話，他一定很……，她做了很傳神的肢體動作。我們兩人各摸了她一邊豐滿但有些下垂的胸部，然後離開，離開前我故意對她說「莎喲那拉」嫁禍給日本人。我看看錶，時間前後不到十分鐘吧！

他終於打破了沉默：「妳想笑就笑吧！我知道我會被妳取笑一輩子。」

「怎麼會呢？Baby！」我對他拋了個媚眼。

我們搭地鐵到大廣場，正好趕赴夜晚的音樂會，我們在燈火輝煌的哥德式市政廳前擁吻。我心中竊喜他還是沒有那麼動物的，完全顚覆了他所說的：男人是可以爲性而性！感覺上我很寬容大度而難得，但是我的居心卻是打破他的幻想，因爲在十幾二十分鐘的時間裡，能有多少美妙的性事呢？畢竟幻滅是成長的開始。

當晚，我們還是又一次地驚天動地，就在我喊著「Baby, come!Come!」聲中迎向天堂。

佳作

「南瓜座右銘：我要妳」

醬南瓜

女，一九七二年，台灣台北市人，健忘迷糊又胸無大志的獅子座。

性的意念，在我整個生命過程來說，一直是很重要的。從很小開始，許多跟性有關的想法和經驗，即使當時並不了解那是什麼，卻奇異地深深銘刻在我的腦海中。

心之所至・性慾萌芽

記憶中最早開始與性相關的記憶，是向爸媽詢問嬰兒是如何跑到媽媽的肚子裡。在爸爸和媽媽結婚、爸爸給媽媽戴了戒指……等等答覆之中，那時我不到五歲，卻邏輯清晰有如神童般不斷尋著不合理之處追問下去；忘了是什麼讓我在持續的困惑中，終於停止打破沙鍋問到底，但現在腦中影像如新地浮現之後許多性探索的片段：父母床頭櫃中油油的保險套；媽媽扔在垃圾桶裡的衛生棉；假裝不經意地在爸爸小便的時候偷瞄他的陰莖，然後如惡作劇般嚷嚷爸爸的「啾啾」好像一條大便；還有姊姊故意把摳肛門的手指湊給我聞，那讓我如被電到般精神一振的氣味。

築夢踏實・自力救濟

我的性啓發都如破片一般，雖然回想起來我一直對性有著極高的興趣，也很早開始對自己性器官的探索。小學高年級分配到圖書館打掃工作，便在厚重可比辭海的醫學書籍中翻找性與性器官的篇章。差不多同時，我已經有夾著棉被自慰的習慣。然而從更早開始，大約是小學低年級，剛搬到新家，我和姊姊共用的房間有一個中空的櫥櫃，我正好可以蜷曲著塞進去，面對著窗戶外隔著不到三米防火巷的鄰居，我會一邊幻想著如專家向參加研討會觀眾們講解著自己的性器官構造——它是一個小的陰莖，我用筆尖輕戳自己的陰蒂，累積令我舒服得忘我發笑的奇妙感覺……直到我媽看到我在幹麼，我緊張地跳出來穿起褲子，並知道那是「羞羞臉、不能讓別人看見」。不過那影響並不大，我似乎是瞭解了別人對性的看法，但卻沒能有效建立起對性的羞恥感。

當我自慰時，通常幻想著許多的人。譬如我是非常紅的大明星，穿著極暴露的衣服開演唱會，歌迷瘋狂且熱烈，交際圈中的名流與名媛時常與我閒談造型服裝，在聚會間拉扯下我胸前的衣裳彈出乳房，當然，大家都喜愛我並欣賞我的身體；故事中也會摻雜著一點悲情，譬如我健康不佳將活不長，因此總在下了舞台之後，上演生死一線間、絕望而深切地緊擁著愛人交纏翻滾的戲碼。我抱著棉被一角柔軟地貼在臉上、雙腿夾著棉被用力擠壓摩蹭、再整個人裹著棉被讓溫暖包圍，直到……近似高潮的感覺漫到連頭腳都放空麻軟。

在我性幻想中的男性愛人，通常有著帥氣的臉龐、溫柔的性格和精壯的身材，而有時候那個帥氣、溫柔又精壯，且吸引著女孩子的主角，卻是我自己；我冒充男孩去當兵，或

105

台北市南京東路四段25號11樓

大辣出版股份有限公司 收

廣告回信	
台北郵局登記證	
台北廣字第000144號	

地址：

市/縣 鄉/鎮/市/區 路/街 段 巷 弄 號 樓

姓名：

（請寫郵遞區號）

not only passion
大辣

謝謝您購買這本書！
如果您願意，請您詳細填寫本卡各欄，寄回大塊文化（免附回郵）即可不定期收到大辣的最新出版資訊及優惠專案。

姓名：＿＿＿＿＿＿ 身分證字號：＿＿＿＿＿＿ 性別：□男 □女

出生日期：＿＿年＿＿月＿＿日 聯絡電話：＿＿＿＿＿＿

住址：＿＿＿＿＿＿＿＿＿＿＿＿＿＿＿＿

E-mail：＿＿＿＿＿＿＿＿＿＿＿＿＿＿＿＿

學歷：1.□高中及高中以下 2.□專科與大學 3.□研究所以上

職業：1.□學生 2.□資訊業 3.□工 4.□商 5.□服務業 6.□軍警公教
7.□自由業及專業 8.□其他＿＿＿＿＿＿

您所購買的書名：＿＿＿＿＿＿＿＿＿＿＿＿

您從何處得知本書：1.□書店 2.□網路 3.□大塊NEWS 4.□報紙廣告 5.□雜誌
6.□新聞報導 7.□他人推薦 8.□廣播節目 9.□其他

您以何種方式購書：1.逛書店購書 □連鎖書店 □一般書店 2.□網路購書
3.□郵局劃撥 4.□其他＿＿＿＿＿＿

閱讀嗜好：

漫畫類：1.□文學 2.□歷史傳記 3.□社會人文 4.□音樂藝術 5.□幽默搞笑
6.□科幻冒險 7.□其他＿＿＿＿＿＿

性愛類：1.□哲學心理 2.□醫學保健 3.□指南 4.□言情小說5.□成人漫畫
6.□其他＿＿＿＿＿＿

對我們的建議：＿＿＿＿＿＿＿＿＿＿＿＿

是成爲眾所矚目的男模，總有女孩情不自禁地愛撫著我塞著襪子的腿間鼓脹。略過沒有大陰莖的事實，我在幻想中盡情而歡快地與深愛著的女孩纏綿做愛。

按表操課．不捨晝夜

和女性戀愛與做愛，才是貼近我現實生活中的慾望模式。雖然我對自己的性探索開始很早，但性經驗卻因爲初戀女友覺得性事與性器官骯髒羞恥，而延遲到高中交了第二任女友才發生。

國中三年級時，同學們突然開始興致盎然地傳閱租來的「薔薇頰」，在冗長的俊男與美女愛情追逐中，我學到了朦朧的性愛過程，只可惜當時女友以斷交威脅，既不允許我繼續看羅曼史，也不准我觸摸她腰部以下，因此僅止於激烈的親吻與上半身的愛撫。雖然後來我們常常愛慾滿盈，暗巷裡的停車場、熄了燈的籃球場邊……到處尋找方便親熱的地方，但卻始終沒能越過她身體那條三角上緣的陰毛線。

到了高三，班上來了一位留級的學姊，奇怪的是我從沒想到要過問她的情感經驗，只覺得這位長所有同學一年的大姊，在每個方面有著格外成熟的閱歷和知識似乎是應該的，總之，她很輕易地用幾張紙條釣上了我，開啓我生命中第一個、也是最密集的性愛操練。

在學校裡，我們毫不避諱地表達愛意，課後自習時間，我們有時候到廁所做愛。暑期輔導，我們偶爾也耐不住酷熱的悶濕，翹課到游泳池淋浴間，一邊用冷水澆著發燙的身體一邊做愛。不過到了畢業前一個月，我藉故住進學姊家，才眞正開始浪擲時間精力的馬拉松性愛，兩個性慾旺盛的青春肉體，每天渴望的就是放學後直奔佛堂後方她的房間裡，沒有浪漫，只就著微微紅光，以手指取索她一層又一層不能歇止的狂浪呻吟，度過一個又一個本該用功苦讀，卻激情淫濕的夜晚。

動心忍性・無欲則剛

維繫至今長達九年關係之中，我和現在已經成爲「家人」的伴侶，其實已經有七年處於完全無性的狀態。我們從一開頭的熱戀，包括彼此身體的強烈情慾吸引，添購使用各種性玩具，到後來，因爲性愛不協調產生摩擦，性生活驟然急降爲零。我原來還企圖找出問題癥結想辦法解決，卻發現任何努力似乎只讓關係更劍拔弩張，也就接受了沒有性，好讓關係維繫的事實。

直到多年之後，我們終於從別的話題不預期地一路心平氣和轉到這件事上，我才知道原來在那段期間，她對於長時間的性愛刺激有點不支和倦怠，於是開始在「告一段落」時趕緊倒頭就睡，一開始我玩笑似地罵她懶，想盡辦法挑弄她繼續與我做愛，她也只得再敷衍一下，接著立即趁機討饒喊停；很快地，只要我一開始撫觸她，她就反射式的覺得「慘啊！疲累……」，也就更提不起性趣、更敷衍、更抗拒。我不明白這樣的慾望變化，只覺得才升起的慾火無法發洩相當鬱悶。某天終於我受不了，便直指她根本對我的身體沒興趣，而我的難以饜足，也把責任歸咎到她沒熱忱、技術差又惰於學習嘗試。遭到這樣的指控，使她對性愛更感到挫敗和恐懼，因爲她並不是沒有付出，然而在整個磨合的過程裡，不但性受到挑剔，愛也遭到否定。

雖然理智上我接受一切都是誤會，但至今我們依然不能有性關係，仍是個無解的習題。我心理上始終沒辦法克服，做愛不是彼此吸引的自然互動，而是爲了配合對方而勉力爲之；因此一感覺到兩人間性的啓動，我便會因爲不相信自己具有性魅力，激起莫名的傷心而哭嚎起來。

那段從廿五歲到三十出頭生理上性致勃發、心理上卻自卑焦慮的年華，我將挫折和壓抑，轉化爲對自己性感體態的追求。我努力地上健身房，爲自己加添肌膚的緊實線條，和腹背四肢的靈巧與耐力；我逮住任何可以曝曬自己皮膚的艷陽天，讓健康神采停留在臉龐，以及只有肉搏時才看得到的地方；我實踐報章書籍裡讀到的私房分享，勤奮不懈於肛門清潔、陰毛修剪、腳繭磨除和舌技演練，就爲任何時刻都可能發生（雖然實際上多年不曾有過）的性愛作最充分的準備。

外遇／外慾・偶遇巧慾

我們原是相識多年但稱不上熟稔的朋友，兩人在街頭閒蕩等待活動開始的空檔，她突然問一句「妳喜歡我嗎？」，我們倏然在夜色與人影匆匆的騎樓下，擁吻成無法分割也難以排除的一團路障。按捺著慌亂與悸動，我們轉進小巷裡幽暗的大樓地下停車場坡道旁，我壓覆著她倚著粗糙的洗石子牆，唇舌貪婪地翻纏，我的手指在簡短急促的試探爬行後，直接滑入她濕軟緊狹的陰道。

啊！我還想更深入，恨不能更偎近她的靈魂。長年被禮教封鎖於皮囊中的強大慾求能量，頓時掙脫迸放，在淋漓汗雨與色情體味中，她鬼哭神號地高潮，我飄然恍惚、百感交集。老婦拎著垃圾快步經過，流浪狗好奇圍觀，那場景，與我二十年前與初戀女友常常駐足、但無法完成進一步親暱的街邊與暗巷一模一樣。

厭惡道德的綑綁，我們一拍即合，毫無禁忌地隨性進行各種讓彼此歡娛的嘗試。她發掘了我手指被吸吮時，會引發如口交般的快感；我也欣喜於她小高潮後強力吸吮的需求；

當她吸吮我的乳房，我從安祥滿足、慢慢轉爲躁急獸性的媽咪，而她是個邪惡的貝比。我彎下身用勃起的舌，粗暴插拔進出她緊縮的口，感覺兩人就要在狂喜中窒息，再應著她的懇求，坐上她的臉，讓我滿溢橫流汁液的陰部，在她吸吮與舔舐的嘴邊滑行。

她最鍾愛的姿勢是在即將高潮時，自後背陰道與肛門同時被插入衝刺，隨著收縮的節奏，以發出清脆聲響的巴掌狠狠地拍擊臀肉，直到搧起不自主的狂亂抽搐。有一回當我探入她欲迎還拒的肛門後，發現裡頭有硬塊殘糞，她格外縮束著肛門口，在一陣奮力抽插之後，她在高潮癱軟時放出幾聲響屁，我的手指則沾著年復一年因爲清洗直腸而熟悉的腥苦味。

「我要訓練妳成爲打屁股高手」、「偷偷放水告訴妳，光是吸吮左乳頭我就會高潮」、「我好喜歡妳舔我的屁眼」……，她有如講「給我遞個拖鞋」、「幫我拿條毛巾」般稀鬆平常地，輕易吐出許多令我感到害臊、卻樂於遵從的要求。我從沒辦法放膽說出自己的性幻想，也不好意思開口要求對方玩什麼性花樣，這也是每次我下床時覺得失落的原因。

希望有一天，我腿間繫著穿戴式的雙頭陽具，與左手拇指上下深嵌入她，搖擺著腰部體內體外韻律撞擊，刺麻的掌摑輕重落在她發紅的屁股，輕齧著鼓脹柔軟的乳房上硬挺的乳頭，迴旋撫弄被愛液濡濕的陰蒂，耳邊充塞或痛苦或歡欣的浪吟，在映著耀眼陽光的熱鬧泳池畔，我、她和一大群慾望流竄的男男女女忘情交歡……因爲終於我說出口。

我爲自己在關係中求取不到的肌膚相親需求找到出路，除卻了緊張煩躁，不再僅因爲一點小小的意見相左，便過度反應，以爲彼此有著無法塡補的鴻溝，我輕鬆地感覺關係中柔和而令人安心的部分，體會生活中小小的快樂和幸福——儘管我知道，溢出一對一的情感關係，不論如何不會得到保守社會多數人的認同，也隨時可能在危險的愛慾平衡關係中失足，然而對我而言，那卻讓我重新獲得自我肯定，感到生命爲繼有意義。

佳作

無關愛的初體驗

小華

女，一九七六生於台灣台中。

某私立大學美術系沒唸完，遊走他國到處耍浪漫，搞過一點商業，後來回到家裡茅廁撿回畫筆，偶爾和幾個朋友搞點文藝，大半時候都在寫小說。文字及插畫作品常見各報章雜誌，短篇小說得過台中縣文學獎及大墩文學獎，現為職業插畫家。

十七歲那年夏天的我，無論是精神或現實層面都不能算是快樂的，因爲，我渴望失去處女膜的心情已經到了鼎沸的程度！

「昨天我跟他終於達到三壘了。」好友A這麼說，「還眞的很痛哩，不過倒沒流什麼血。」不久之前，我們還曾經在她的房間裡關上燈玩著互相揉搓彼此身體的遊戲，沒想到這會兒她竟然比我先達陣了。更殘酷的事實是，她是我們這一掛裡倒數第二個嘗到禁果的女孩，可以想見我的心情。

每天無論何時洗完澡，我都會無奈地望著鏡子，心裡想著爲什麼胸部不再大一點或屁股肉再多一點，但電影啦搖滾樂啦香菸啦啤酒啦咖啡啦這些能使自己迅速成爲大人的東西實在太多，而身邊像樣的雄性動物卻太少，導致肉體對性的好奇經常自我斷線，取而代之的不外是漫畫和零食。就算整日嘗試著大人的物質享受，我的心靈畢竟還是漫畫零食之類便能滿足的。

漫畫裡的性愛場面頂多是一個吻或佔了三格的擁抱帶過了得（一格少一件衣服，到第三格就變成用玫瑰花遮住重要部位了），而且因爲個人因素，我擁有的漫畫鮮少有激情場面，那些花花草草也不會令我產生性慾。於是，我就又這樣和可憎的薄膜度過了一個暑假。不知道大家對處女的了解爲何，但我可不願意上了大學還是處子之身，針對處女兩字我非但不覺得純潔，反而會有一種髒髒的感覺。那種骯髒感也許來自我對守身意象或性壓抑的厭惡，只要一想到倘若二十歲的自己還是個如假包換的處女，就會讓我頭皮發麻。

高三開學的那一天，我決定一定要找個對象來解脫這個情結。相信誰也看不出來在白衣黑裙和飄逸的長髮下，一個女孩想要做愛的慾望有多麼地強烈，就像誰也看不出來警察會上妓院一樣。當然，我欲解套的心情和那些被登上報紙的警察先生大概是一樣的。

開學是熱鬧的。我就讀的班級很明顯地將學生分爲三類：一爲早就已經破身，整整兩個月都過著性福快樂的日子，屬於前鋒的一群；一爲你不知道讓他們擁有性經驗和人類遷徙火星哪個會發生得較快，還會和父母闔家出遊烤肉的，屬於溫和派的一群；剩下的，便是三三兩兩思想怪異，毫無群體意識以至於搆不上「群」這個量詞的幾個人，其中也包括我這個平時不多話，卻在老師點名時偷偷觀察他下體的女孩。

開學日的活動不多，不外就是領領書和同學聊聊天之類的，和我預期的破瓜計畫完全扯不上關係。我就是無法對同年紀的男孩子感興趣（怕有人有意見，我還是要良心地告訴讀者，超過二十五歲後的我變得只對上述年紀的男孩子感興趣矣），他們只讓我覺得很臭，所以我不可能和任何一個男孩子交往。難道非得要先看過電影吃過飯喝過茶逛過死也買不起半件東西的東區，再閒話家常一陣才能做最想做的那件事嗎？我開始納悶，然而不幸的是事實好像就是如此。

我推開校舍頂樓的鐵門，倚在無人的欄杆旁抽菸，樓下運動場上的溫和派正拿著羽毛球拍像傻瓜一樣地跑來跑去。不是身屬誰的「女朋友」，到底能和誰做愛呢？要在哪裡做呢？做了以後呢？這些問題我想了不下一百遍，但卻連個對象也沒有，我想我才是眞正的傻瓜。就在我望著天空無奈地抽著YSL涼菸的時候，一個叼著煙的男生推開了鐵門，顯然因爲看見有人捷足先登而躊躇不前，猶豫著要不要向我走來。當然，這個方便抽菸的好位子可是我先找到的，連我的死黨姐妹也都不知道。

我見過這個男生，他是上一屆的學長。身爲畢業生還在開學日來學校逗留，肯定是專程來爲高一的新生學妹們作肉體評鑑。記得我剛入學的時候，他曾經和我們班上一個留級生討論過我的身材，說他願意把畢業製作的費用全部拿去買食物捐贈給我這類沒禮貌的話。那時候的我的確很瘦，穿上衣服的確很難察覺絲毫的女性象徵，但我清楚知道那只是自己發育較慢的緣故，我一向對未來充滿期待。

「嗨，學妹，怎麼一個人在這裡抽菸？」最後學長選擇靠近已經長出許多肉，不可同日而語的我。我調整了個能利用風勢讓白襯衫貼緊胸前的姿勢。

「無聊啊。」我回答，我瞥見他瞄了我突起的胸部一眼。

「男朋友呢？」學長有一個和他同齡，已經就業的女朋友。想必目前不是處在性飢渴的生活狀態下。

「哪來的男朋友。」

「妳這麼漂亮沒有男朋友？少來了……」

「那你要不要當一下我男朋友？」

無聊的對話終結在這裡，他聽了先是一愣，然後便學中年人吐著煙慢慢將視線移往遠方。我再也耐不住性子，便索性捧過他的頭將舌頭遞進他的嘴裡，他急促的呼吸裡滿是尼古丁的味道。沒經過允許，他的手已經伸進我的黑色百褶裙裡，我拉住他的手摸向自己的胸部，那感覺果然和自己撫摸相差甚遠，我感到下體漸漸熱了起來。我挑選他的理由只有一個，那就是因爲他長得瘦瘦高高，皮膚又黑的緣故。我曾不只一次地夢見自己和纖瘦的黑人男性做愛，醒來總是意猶未盡，心想哪天一定要好好嘗試一番，但此刻眼前既沒有道地的黑人男性，曬得黑黑的東方男子也就勉強接受得了。

我們在大白天的學校校舍頂樓褪去身上的衣物，赤裸地在藍天白雲下擁抱著。他勃起的陰莖總是擠到我的腹部，我握著它，凝視著它，撫摸著微涼的睪丸，就要完成目標的喜悅衝擊而來，我在學長說「我要進去」的時候將腿打開，他便一個勁兒往我的私處摸索，然後將陰莖塞入。

「我的媽呀，你他媽的給我住手！」我的喊叫聲大概可以借用白居易「漁陽鼙鼓動地來」來形容，一連串的痛楚使我在沒來得及領悟性愛之歡愉爲何的瞬間失去了做愛的勇氣，那眞是痛！就像從身體裡竄出一隻大怪獸一樣！我不解一小片薄膜如何能造就如此狂浪般的疼痛，整個腹腔都像受了爆裂物的襲擊，我一時之間竟使不上推開學長的力氣，而他依舊連結著我的身體喘息著，抽動著，我望著他猙獰得滿是汗水的臉，不覺看得出神了起來，原來奮力做著愛的男性是這樣可愛的表情。

學長在我附著一層薄薄胎毛的肚子上射精，我用口袋裡的濕紙巾將身上溫熱的白濁液體擦拭乾淨，然後兩個人赤裸地坐在鋪了制服的水泥地板上抽著菸。樓下的羽毛球賽仍在進行著。

「妳怎麼沒告訴我妳是第一次？」

「那有什麼關係。」

學長陷入了破瓜情結，苦著臉擔憂地凝視著我的乳房，我倒是因爲任務達成了而悠閒地在旁邊吞雲吐霧。我將白襪子脫掉，上面沾了一些血跡，眞如A所說的，只流了一點點血。腹部仍有一些疼痛，但我的心情卻是出奇地舒暢，雖然說不上是舒服的感覺，但我認爲比所有我曾做過的運動都來得令我興奮。纖瘦男孩子的屁股沒什麼肉，摸起來的感覺很奇妙，但每一寸肉倒是都結實地依附在大我兩倍的骨頭上。

嘴唇因爲過度激烈的吻而有些擦傷，我從裙子口袋裡拿出護唇膏擦上，今天帶的是草莓口味，有一點淡淡粉紅色的護唇膏。

沒談過戀愛也沒關係，我已經是大人了。我滿足地吸著菸，薄荷的味道驅散了方才學長遺留我身上的精液味道，那味道有些像家裡常用的漂白水，但我想不起來是哪個牌子。或許都是一樣的吧，無論是學長還是什麼的，我想那就是做愛的味道。

「休息夠了的話，我們好好再做一次吧？」我微笑地看著曬得黑黑的學長說。

那是一九九五年，在詐騙啦黑心商品啦虐待小孩啦訪問中國啦這些時髦玩意兒都還不太盛行，某個平靜的初秋下午發生的故事。

無關愛的初體驗

145

佳作

第一支舞

不愛夢藍

女，一九八〇年生，台灣高雄市人，現居台南，是一個**disco**的人，不是一個誠實的人。

一九九八那一年，我總算把苦悶的高中生活丟到公路後頭，順利變身成一個台北大學生。上台北之前，我跟母親哭著發誓，不會再跟女孩談戀愛，我會洗心革面重新做人，做一個正常的人。不過，在那之前，我早就已經偷偷調查好大台北地區眾女同性戀酒吧、女同性戀社團，和女同性戀常常出沒的地下書店。這是新的人生了，我心想，我要做新的人。而一個全新的人，要從一個吃得開的女同性戀做起。

懷著初生之犢的行動力，馬上我便和P偷偷報名了一個交友派對。P和我一樣，又嫩又滿心好奇，我們一直翻著地圖找到了email裡描述的祕密地下室，在人頭擠著人頭的門口櫃檯邊，很糗地發現全場只有我們兩個用了本名報到。別著用POP字體寫好的本名名牌走進黑壓壓的女同志party，簡直就像在舞台上掉了紗裙，卻不得不穿著丁字褲走完秀的選美佳麗一樣騎虎難下。暗暗盛裝打扮過的我們訕訕地點了氣泡酒，臉上掛好禮貌的微笑，乖兮兮站在舞池邊，聽音樂一首一首放，看著「阿丁」、「小風」、還是「蝶蝶」、「非非」在眼前魚貫走過，然後假裝專心地聊天。

「我想去找那個鼓手。」P終於下定決心似地說，我來不及應她什麼，就只能目送她小小的背影消失在揮動的許多隻手中間。

好吧，我的保護傘飄走了，我要張開我的臉，堅強地面對一直交錯游移的其他人的臉：她有刺青；她不開心；她的背駝著跟女孩說話，耳朵總是比她的話先到達對方的嘴巴；她的裙子走起路來會牽連沿路的大腿們，大家都被她逗得熱情又放肆；她好像迷路的小狗，不住四處張望；她應該很幸福；她在唱著伍佰的歌……

「妳一個人嗎？」

天哪這是五〇年代的搭訕法嗎？我睜大眼睛轉過頭去，跟一個陌生但清秀的T正好打了個照面。「可以請妳跳支舞嗎？」她再度說出一句老派的對白。我看著她，她霸氣地拉了我的手，一下子我就掉進了方才我還一張一張數算的臉孔中間，夾進她們的手肘和手肘邊緣。女孩的汗都是香的，女孩說的話都是耳邊話，她在我前面跳起動感的舞步，我跟著節拍也搖擺搖擺著。嘿，這是party吧，我已經來到我嚮往的台北，大家都是女同性戀。

她離我半步遠，然後藉著舞步越靠越近，終於在每個交友派對都會預謀妥當的浪漫情歌的第一個緩拍的時候，順理成章攬住我的腰。

「妳有伴嗎？」我懷疑調情根本是她的擅長，每一支箭都絕無虛發。她低啞的氣音送進我耳朵裡，那些脆弱的細毛立時有了反應，我傻傻地應她的話，身體卻從所有和她身體的接觸點開始發燙。「我的伴在台中，」她說，「我可以再找別人上床。」她開始慢慢撫摸我的背，一圈、一圈，我薄薄的衣衫穿了又像是沒有，明明只是撫摸我的背呀，爲什麼我好像已經濕了。我明明跟女孩接吻過啊，爲什麼我不知道這個感覺是什麼，她這樣說做什麼呢？說這些想做什麼呢？她覺得我會跟她睡嗎？我會跟她睡嗎？

「妳喜歡我嗎？」她柔軟的嘴唇翻滾過我的頸，那是什麼器官，翻滾到我的什麼器官呢？我的皮膚不是皮膚是受器，我不知道被侵略這麼銷魂，我不知道我這麼渴望被侵略。我試著動我的手，她的背上沒有肩帶的痕跡，她穿著束胸嗎？我輕輕隔著背心撫摸她的腰，她把我整個拉向她，更緊，再緊，她乾淨的香水味道混著髮膠味道充塞我的鼻腔，穿過腦門使我的思索非常混亂。背心底下是她的束胸，束胸底下是她的身體，我想觸摸那具身體，那具以慾望壓倒我的身體，我渴望觸碰她，觸碰她萍水相逢的激情，那具身體眞的和我是一樣的嗎？眞的和我一樣擁有月經嗎？這些問句海浪一樣呑噬我，淹沒我，我的手腳五官在巨大的興奮裡無聲地喊叫，我不確定她有沒有聽見，或者只有我自己聽見，我們腿纏著腿，下身幾乎要窒息了。「我們走吧。」她抖著聲音說。

接下來我就不知道自己是怎麼移動的了，我們好像離開人群到一個同樣昏暗的房間。這不是一間酒吧嗎？爲什麼會有這樣的房間？薄薄的隔板後面我還聽得見舞池裡重節奏的迪斯可，但它們漸漸後退漸漸後退，成爲房間裡的梵音，心跳鼓鼓地敲著木魚，幾乎要敲破我的胸膛，在肉貼著肉的距離裡她的呼吸成爲另一隻手，剝開我的釦子，她的嘴含住我的乳，像幼貓吸吮母貓忘形地張齒張爪，我又疼又愛，忍不住反過來向她攻擊，想解開她的龐克皮帶，舔她的私處，爲她做些什麼，但她搶先按住我的手，「妳自慰給我看。」

我把手伸進底褲，像在玩碟仙有人指使我一樣磨蹭、磨蹭，那刺激的電流導入我的手指，我的手指開始抖擻地運動，從陰核穿越子宮腸胃心臟眾器官抵達喉頭，我忍不住要叫出聲來，喔怎麼能不叫出聲音來。她這次好像眞的聽到我需要她的聲音，自己一口氣脫了上衣，她沒有束胸，只穿了汗衫，和我窄小的身型完全不一樣，她平寬的肩膀向我壓來，內心從未預料要受這樣大的衝擊，我感覺整個人的芯都軟了，淌成一枚很小很小的洞，淌成一灘很黏很黏的水。

那使得她把自己放進來的時候我簡直無法分辨在身體裡有兩隻三隻手指還是一個拳頭，那充實感令我瘋狂。我的腳板越打越直，我在忍耐，我知道極大的快樂需要極多的忍耐，我於是咬著嘴唇從裡面深深放鬆再用力、再用力，手指不顧激動地摩擦、輪流摩擦。她同時攻擊我像是想毀滅我或是恨我，我的被虐癖甜蜜地附和她，不知廉恥地背過身去，讓她侵犯，我此刻像發情的母貓一樣嬌喘呼喊，我的聲音使她興奮，我知道，她整個人握著乳環著我的腰臀，越來越用力，越來越用力，我抬高我的臀，禁不住越叫越大聲，我的辭彙多貧窮，幹我，幹我幹我吧！

就在那最高的一個音，啪，一枚煙火從我裡面爆炸，在好高的天空爆炸，然後火光一點一點掉落下來。天底下怎麼有這樣的事，這樣的事怎麼會發生在我身上。我放聲大叫，緊抓住她的手腕，不讓她出來，她躺在我身上喘氣，親吻我的臉頰，我緩緩張開眼睛卻什麼也看不見，黑夜一點一點掉落下來。

我張開眼睛好久了，還是沒有看清楚她的臉，我究竟有沒有走出這間酒吧呢，還是根本只是別著名牌乾坐到舞會結束？我確信她使我第一次感覺對女子的慾念高張，但我眞的跟她睡了嗎？我是否讓她看見我私密的自慰表情？那個小暗房分明是另一個女孩曾經收留我的地方，爲什麼會出現在派對的角落裡呢？那另一個女孩呢？她到了哪裡去？我漸漸覺得那奮力領我攀向高潮的可能另有其人，可能是任何我在網路上碰對眼的人，也可能是那個讓我非常心碎的人，她們一齊手牽手回來拜訪我，謙卑又挑逗地邀我跳第一支舞，然後不計前嫌使我快樂。

在那之後我在很多酒吧裡看到P和她的鼓手，但卻再也沒有看見那個把我拉進舞池的T。我想念她，像我想念第一個和我親吻的女生一樣。或許有一天她還會來拜訪我，那個時候，我會先拉住她的手，或許我會不顧阻止解開她的皮帶釦，我會正經地陪她跳舞的，我希望她可以比我更快樂一點。

佳作

不堪回首話當年

芄芸

女，一九二五年生，自大陸來台，現居高雄。

對寫作深感興趣，常自不量力投稿。這次徵文命題特殊，使我猶豫良久不知如何下筆，初則有文不對題之虞，乃因自己一生為「性」所苦，困惑良久。繼而一鼓作氣，借題發揮，實話實說，就事論事，一吐為快。

說到「性」，我眞是不折不扣、後知後覺的門外漢，連敬陪末座的資格都不夠，但是經驗卻是一籮筐；在此，小孩無娘說來話長。那年我剛滿十九歲，好不容易擠進剛復校的「×大」先修班，是個乖乖牌的好學生，勤奮努力爭得文學院一席之地。

抗戰勝利，祖國重光。地不分南北東西，人不分男女老幼，無不歡欣鼓舞，額手稱慶！在那個充滿青春活力的學府，掀起一片交友熱潮；但見儷影雙雙進出校園，已將書本置之腦後。最初我不心動，留在偌大的宿舍，並不感到空虛寂寞。

有「吉普女郎」之稱的學姐三番兩次向我推介一位大我八歲、在「××行轅」任職的他，我倆初見的一刻彼此都留下好印象。室友們以他五官端正、身材高挑、溫文儒雅、親切和善等諸多優點均予好評。從那以後，我們被冠以戀愛中的男女；情深意切，輕憐蜜愛，故鄉的名勝古蹟，好山好水，都留下我倆的蹤影。只是時光不爲我們停留！

我出生於一個舊禮教、保守而傳統的北方家庭。當家人知道我丟下書本去談戀愛，簡直不可原諒。父母指我年輕無知、愛慕虛榮……兄姊投以不屑眼光。我自己深悔孟浪，但欲罷不能，他已長駐我心園，叫我如何是好？

既有今日，何必當初；午夜夢迴，輾轉苦思，我心憔悴。誰能指我迷津？

他自信勇者無敵，不畏人言，不顧一切，不經我同意，逕去我家，出現我父母面前。

父親眼睛爲之一亮，覺得他彬彬有禮，談吐不俗，收放自如，且於抗戰時放棄「西南聯大」學業，投筆從戎，愛國情操可圈可點……母親則獨持異議，指他爲外鄉人，幼年喪母，兄長父親參加敵後工作也一去不返生死不明，是他命中犯剋，可能我倆「八字」不合，不宜交往，更不必談婚嫁。隔山牽牛，身世不清，而且對他仔細端詳，總有「華而不實」之感。

憑他伶牙俐齒，回敬父母，言之有理。結果父親同意以不影響我學業爲原則，如談嫁娶畢業後再議。如此，他雖不滿意，但只好勉強接受，不算是敗興而返。

時局逆轉，國共三人小組到達，進行雙方停戰談判。怎奈談歸談，共軍邊談邊打，我軍按兵不動，整軍待命，以致大意失荊州，許多城市陷落，人民紛紛走避關內；「行轅」亦將撤離。市面民生物資，售價飛揚供不應求，民心惶惶。

我的初戀情人，驚慌失措，未及徵我同意，即向我家提出結婚要求；父母以我年事太輕不宜早婚而婉拒。但他苦苦哀求，且以蘇聯軍趁勢入侵，在各大城市擄奪日軍武器及剩餘物質，並姦淫婦女，爲策安全年輕婦女皆剃光頭喬裝男生；蘇軍警覺以片髮無存者皆面貌清秀，特摸胸以證虛實，因此，既使足不出戶也定數難逃，人人自危！

列舉許多案例，爲確保我人身安全，只有將我帶走……他的口才是第一流的，長篇大論不打草稿但頗有道理，至此，父母似已默許。母親則告誡：「自己要徹底認清妳要以身相許的人，再做決定！擇一而終，才不會遺憾終生！」

當年晚秋時分，我終於披上嫁衣做了如願以償的新娘。「洞房花燭夜，金榜題名時」是人生所嚮往、所追求的里程碑。然而，不幸我卻辜負了花月良宵。痛苦難忍，以淚洗面。更激怒了熱情如火的他。

難忘那個星月皎潔與紅燭爭輝的夜晚，當他脫光衣褲赤裸裸出現我面前時，使我驚慌得手足無措。接著他以溫煦的笑容拿起他那個紅紫色、狀似母親過年灌的「豬血腸」般的陽具朝向我，並劈開我雙腿，以餓虎撲羊的姿態將那個醜陋的東西硬向我下體進攻。我以少見多怪的畏懼神情問他：「你……」他嘻笑的捧起我下巴頦，給我深情一吻說：「親愛的！這是妳做新娘的第一課！」於是，展開他熟練的動作；下體被他磨擦得痛得哇哇大叫，他仍然無動於衷。忽然我如同面對一隻猙獰可憎的野獸對我施暴。我以眼淚哀求他停止，一面用力企圖將他推下，不理，當時感到下體被撕裂出血；而他老神在在用吻封閉我嘴巴，很陶醉，很投入……好像那一刻諸神退位，空氣凝結，任何聲音都不入侵。

不多時，他告一段落，用一條小白巾擦拭我陰道。我看到鮮紅的血跡，心驚肉跳。新婚就使我受傷流血，他的輕憐蜜愛皆成泡沫。瞬間對他溫柔多情，對我呵護備至的好感一掃而空，不由激起對他的厭惡！原形畢露，是個僞君子。

夜已深沉，我的新郎像是戰場上退下、意猶未盡的不敗英雄，神采飛揚，再接再厲，繼續向我挑戰。除揉搓乳房，貼近面頰；我轉過頭不再正視他。但他興致不減，安慰我指稱：「妳年齡太小，對男女的閨房之樂一無所知，當然難以適應。尤其妳的家庭和同學們都過於保守，使妳一點概念也沒有，陌生、恐懼在所難免。而洞房之夜，從古到今，流血（見紅）是純潔無污點的證明，應該給新娘加分。人間男女的『性』趣，爲最高、最神聖的享受！當妳經過第一次的歷練之後，久而久之，必能享受箇中樂趣……」

狗屁言論，我馬耳東風，抱著枕頭，擋在腰間，聲稱尚未止痛，恕不奉陪。他未得逞，悻悻然離去。臨行撂下幾句話至今難忘：「這算是什麼洞房花燭夜？眞叫人失望、掃興……誰也想不到我的心上人以淚水、口水因應新婚之夜，來日方長，叫我如何面對足可預知的尷尬場景？是我孤枕難眠，還是妳孤芳自賞？」

那是我生命中最痛苦、最長的一夜。此生永難忘懷！

第三天，我的兩腿還不能靠攏，走路形成「外八字」。入廁則下體疼痛未減。於是，氣極敗壞的寫字條給他：「你是道貌岸然的僞君子，面善心惡加害於我，使我不良於行，更視入廁爲畏途，我恨你！」他不回應，沉默寡歡。

歸寧日，嫂嫂看我面無喜色，走路亦有異狀。她不待我求救，就給我消炎膏、凡士林等潤滑劑要我塗在陰唇兩壁，想必她是過來人，經驗豐富。但我很靦腆，想提出我有疑慮的問題，總是難於啓口。

由於沒有好的開始，婚後餘悸猶存。最怕黃昏萬家燈火時，擔心有如被宰割的恐懼，對他避之唯恐不及。怎奈，我下體已癒，很難拒絕一個正常碩健的男子漢的要求。其鍥而不舍，長驅直入，將他的神勇發揮到極致；我則毫不配合，興（性）趣索然。只見他一人唱獨角戲，不停抱怨，指我不解風情，有如木頭人。我內心掙扎，面對每夜上演同樣戲碼樂此不疲的男人，將何以自處？午夜夢迴，暗自飲泣。而他懷疑我的性功能，特詢及心理醫生；據其分析研判是「性冷感」，係第一次性交之「後遺症」。

紅潮泛濫，山河易色。揮別故鄉，沿途舟車勞頓之苦，使我體力幾至不支。然而只要住定一處兩三天，他就在一張竹床上施展功力，嘎吱作響，聲達戶外；促其停止，置若罔聞。而隔牆有耳，聲色盡收，我甚窘迫！

千辛萬苦來到寶島——台灣。我倆分別獲得理想工作，生活安定，不久即開始孕育一個新生命。不出所料，他依然興致勃勃，雲雨巫山，夜夜春宵，使我無力招架。於是與他同做產檢；醫生說是胎位不正，除注意起居坐臥姿勢，特別要對「房事」加以節制……他低頭不語。

產前及產褥期間的禁慾，使他以輪値爲由經常外宿。初則不疑有他，繼而傳來他有外遇，搞上婚外情。我大興問罪之師，他面有愧色說：「在家吃不到，只好尋求外餐。」至於情不自禁，逢場作戲，算是偶爾品嚐的小吃，不値一談。自己敗德妄爲，不知檢討，不可原諒。我決定與他先行分居。不久，離經叛道的他，深自懺悔，決定痛改前非！

時光如流，往事不堪回首。新愁舊恨，恩怨情愁，湧上心頭，覺今是而昨非。只是夕陽不再好，且已近黃昏；如今，髮蒼蒼、視茫茫的一對老人無欲無求，頤養天年。

佳作

偷來的陽光、偷情的夏

noctem

男，一九七四年生於台灣台北縣，一九九九～二〇〇三年於英國求學，曾擔任國內 BBS 性別相關板板主及站務，現居日本。

戲院裡放著《感官世界》。我轉頭，看到身旁的她仍睜著大眼，眼角流下一行淚。

「沒事。」她倔強地說。

那年我們相遇，英國短暫的夏天是適合邂逅的季節。「穿著配合你身高的鞋子，露出若隱若現的乳溝，第一次見面我就不安好心。」事後她這麼說。說起不安好心我也有份。她與男友正瀕臨分手，我也與相隔在地球兩端的情人辛苦地磨合。我倆以爲可以開始一段沒有負擔的清爽外遇。

第一次的身體接觸是在第二次的見面。「看到你的眼神我就知道我不能全身而退了。」她後來這麼寫。在我租屋處的房間，我牽著她坐上床邊，然後親吻她的耳垂，感到她僵硬的身軀漸漸酥軟。脫去她的上衣，扶她站起，「自己脫，慢慢地。」我說。

她害羞地縮了身體，搖了搖頭。

「自己不脫，那是要我來囉？」我笑著，開了她長褲的拉鍊，並解開內衣，舔舐她豐滿的乳房和乳頭。她軟在床上，我爲她口交。不太容易濕，但身體的反應很強烈，不住呻吟抖動著。對於陌生的身體不熟悉的我仍拿捏不住尺度，只得問她「舒服嗎？」她點頭。

初次見面我便爲她高挑姣好的身材感到驚艷。這怎麼會是網路上那「希望自己瘦下來，也想穿穿看比基尼」的女子呢？「來英國後我才瘦下來，」說起大學時代的身體經驗她抑制不住忿忿不平，「穿了新衣服想得到一句讚美，只換來社團男生的難聽話。」「台灣男孩子不知怎麼讚美人吧，恐懼親密關係，只能以挖苦來表達親近，其實他們是想親近妳的。」我試著泛泛地安慰。但當我回想起那男男女女間的身體與性慾總呈著緊張交戰狀態的、那令我悶得窒息的小島，我知道事情並不那麼簡單。

「絕對不要胖回去。絕對不能。」她這麼說時，眼裡竟露出憤怒。來念一年商務碩士的她，選擇廣告中的女體呈現作爲專題報告也許不是偶然；對她來說，身體就是戰場。我們翻著她收集的資料，圖片中梳妝台的鏡子映出拿著香水的半裸女體。

「我來幫妳拍照吧。」

於是那個陽光打入落地窗的下午，她解去了衣物，穿著高跟鞋。就著暗紅色的沙發和淺綠色的地毯，我爲她拍下性感誘人的身軀。修長的美腿，纖細的腰身，飽滿的雙乳上聳立著兩點粉紅的乳首。這是英國的夏季，窗外是綠色的草地和藍色的天。

一個姿勢換過一個姿勢。「受不了了，我想做愛。」她說。

「拍著拍著，就想要了嗎？」我取笑著她。我們到了落地窗前，她的手扶著柱子，我站在她身後撫摸挑逗著她。稍一碰觸她便發出了呻吟，此時的身體異常敏感。「大家都看到囉，怎麼辦？」我在她耳邊說。「就給他們看呀，」她半閉著眼喘著氣。「越是被看，妳越興奮，對嗎？」我往她的耳朵吹氣，「妳這個淫蕩的女人……」然後我順著她的引導，進入她的身體。

那是她將結束在英國的碩士課程的前夕。不久她將回台灣，我們也回到各自的生活裡掙扎。最後一個月她搬進了我的住處。每天我們躺在地毯上看著租來的電視。冰箱裡滿滿放著Foster啤酒，用一比一的比例調汽水喝。然後她爲我烹煮可口的晚餐，軟嫩的絲瓜裡包著蝦仁，鱒魚煎得香噴噴，她並堅持每餐都得有湯喝。

「愛我一個月。」她要求。日後每次看到Foster，我總想起那個夏天。

晚餐過後，我們開始身體的探索。她一直想看《感官世界》。回想起來，我們確實像極了片中的男女，肆無忌憚地使用偷來的時間。在沒人認識的異國，我們抓回身體的詮釋權，往邊境界限歷險。

「想不想被綁？」我問。她點了頭，眼裡閃著光芒。

於是我將她的雙手綁到背後，將繩子纏在胸前使乳房鼓起。她自覺身材不好，只對豐滿的雙乳有自信。我帶她到鏡子前欣賞她的胴體，看著她在愛撫之下輕喘、扭動。「妳的身材可以當模特兒了。」我總是發自內心地讚嘆她美。不僅美，敏感易高潮的身體更是男人的聖物呢。

我抽出皮帶充當鞭子，鞭打她的臀部、乳房、私處。鞭子一聲聲落下，她嗚咽著蜷曲身體，像是躲避又像是迎合，潔白的肌膚浮現一片片櫻花瓣似的淡紅。我伸手撫摸她鞭打後發熱的肌膚，然後拉起她坐直，令她吸吮我的陽具。

溫熱的觸感包圍著我。她用眼角偷瞄著，我們四目相對。她故意停下，想讓我也體認一下慾火焚身的感覺。「調皮！」我抽打她。「很想要嗎？這樣被打、這樣被綁，反而更想要嗎？」我出言挑逗著，手探向她的私處。羞恥和興奮同時作用著，這次的她出乎意料地濕潤。「我平常不會這麼濕的……」她說。「也許妳眞是個M女呢。」我愛惜地玩弄著她充血的私處，看著她達到高潮。然後親吻。

遊戲完畢。我輕撫著她的身體，突想小小惡作劇一下：「啊，衣服脫在客廳，可是窗簾沒拉起來，去拿衣服的話街上的人會看到耶！」我指著客廳的落地窗。「怎麼辦？」她也慌了。「總得有人去拉窗簾呀。不然，猜拳好了。」我建議。然後一如往常地，她猜拳總是很容易輸，只得裸著身子爬到客廳拉起窗簾。

然後我穿好衣物，慢慢地踱步出去笑著看她。其實，衣服都脫在床邊。出乎意料地，她倒是眞的生氣了。嘟著嘴，低著頭走回房間。「反正我很笨，很容易被騙。」

怕被騙，怕被傷害。原來她一直這樣恐懼著。

「你不愛我唷。」偶爾她會嘟著嘴這麼說，像孩子要著糖。

我也感到難過。我知道她回到了那個小島後將經歷什麼。日夜演練著與男友分手已經令她感到自責，還要開始找工作，陷入自我價値的懷疑。人變美了，卻意味著島內對身體另一種不友善的氛圍開始令她不耐。「街上的人猛盯著看，好像有什麼大不了的，很不舒服。」這個關頭，她想要有個心理依靠。她想要我。

但我仍無法割捨地球另一端的牽掛。拋棄人的事情我也做過。太痛，不想再來一次。於是只好對她抱著歉意。

這裡的戲院終於要放映《感官世界》，之前卻是她最忙碌的一週。「沒有事情能阻止我看《感官世界》！」她咬著牙下決心。

終於我們步入戲院。不羈的異國風情，與無止盡的性愛場面。阿部定刺著蠍子的耳垂更添了她的認同。當阿部定說「愛上一個男人，於是也瘋狂地喜歡他的身體，想要佔爲己有。這有什麼不對呢？」我轉了頭，看見她的眼角流下了一行淚。我想幫忙擦拭，她推開我的手。

「沒事。」她倔強地說。

人事已非的多年後，也是夏天，也在一個昏暗的劇場。我坐在仰慕愛上並深陷著、但不知其心意的女子身旁。看著舞台上女主角的刺青，突然也想要在自己身上留下什麼記號，紀念此刻苦甜交摻的情緒。

然後我回想起那年夏天，在英國，在戲院，看著《感官世界》。雖然看著掉淚的她令我不捨與失措，當時我卻不能說是眞懂她的心情。

現在懂了。

評審後記

情慾玫瑰多嬌美

許佑生

我在念國中時，擔任學藝股長，書包往往成爲同學的「避難所」。那時我念的學校尚未能力分班，一群成績差、愛搗蛋的「壞學生」常會把所謂的黃色書刊藏進我的書包，以避過導師搜查，因爲「好學生」總有免疫的特權。

好幾次，我也就渾然不覺地將「小本」帶回家，等掀開書包找作業，才驚喜發現意外撈到好處。目睹同學對這類讀物的興致如此高昂，我因從小作文常被誇讚，也漸漸有了「大丈夫亦若是」的憧憬，開始創作生平的第一本小說，赫然是情色題材。那時同學爭相搶閱，儼然我便是暢銷作家。情慾書寫，那時即在我的心田播下了種籽。

猶記得這篇小說的主軸是，一位俏麗的女管家在收拾年輕男主人臥房時，對著他的一條換洗內褲產生遐思、把玩，終於兩人共赴巫山。念大學期間，我在名作家叢甦的《想飛》一文中看見類似的嗅內衣褲、慾想牽動的情節，深受鼓舞，更確定了往後創作小說的意願與熱誠。

後來，我果然擁抱了作家志業，也連續出版了不少情慾題材的長篇小說，願望成眞。

這麼多年來，我一直很自傲以情慾爲創作素材，因爲在華文世界裡，這塊能反映最眞實人性、人生的園地，耕耘者實在少之又少。正因此之故，我擔任「性史2006」徵文評審，在閱讀參賽者的文章時，倍覺珍惜與感動。

一九二六年，北大教授張競生指派學生暑假作業，陳述性生活、性經驗，集結成《性史1926》。

二〇〇六年，台北大辣出版社發出全民寫作令，廣邀各界抒發性遭遇、性心情，編撰成《性史2006—16篇眞實性告白》。

以上二書相隔了八十年，時空均發生劇變，內容究竟有多少的異同，以及透露了多少時代演變的跡象？身爲張競生的同業晚輩，也是性學研究者的身分，我對這個落差値感到相當好奇。相信這種觀察，不僅是性學、社會心理學的透視鏡；也會是普羅大眾滿足窺私、對照自我的望遠鏡。

現在的台灣社會仍有許多思緒層面，著根於八十年前的那個傳統的華人文化，因此，張競生當年的回收作業裡頭，呈現一面倒的性恐慌（sexphobia）、性罪惡感，在此次徵文中，依然顯得陰魂未散。老舊禮教的那根繩索，似乎還是綁在這一代台灣人的脖子上，但到底綁得多深呢？

在張競生的時代，即便是學者所言也不免有愚民之嫌，譬如他提及自慰的害處，延續中國祖宗「一滴精，十滴血」的警世概念，甚至牽強附會自慰頻仍的下場，將導致生下劣質的子女。然而，民智已開，這種冬烘式的恫嚇言論，大多數已送入歷史洪流。

幸好，這類性罪惡感在這次徵文中殘餘零星，例如一篇文章中寫到兒時遭家族長輩猥褻後，積壓羞恥，久久不能釋懷。即便像〈男人給的，女人給的〉一文，被母親那兒灌輸了對身體的羞恥，卻能在成長過程中逐漸脱身，學習領受肉身的歡愉。其他入圍的作品裡，均不再繞著「性的羞恥感」打轉了，正是與八十年前那批性徵文最大之差異。這表示我們的社會度過了性的初階衝擊——「認爲性是骯髒、羞恥與罪惡」。

進一步地，這次徵文有些好現象：

第一，對身體的探索誠實而直接。例如〈陰莖熱症候群〉大事展開對男性器官的搜羅，誠如作者所説「編纂最鹹濕的圖譜」，如親親蘆筍汁罐頭屌、番薯屌、麥克風屌，其觀察入微叫人瞠目。其他如〈金風玉露一相逢〉細訴陰道高潮、〈臃腫濕潤的浪漫〉對肥胖男體的別具慧眼，都已能擺脱身體禁忌，甚至力排眾議，肯定自己的身體美學。

第二，對性行爲的描摩趨於多元化。例如〈性啓蒙：第一次高潮，習慣性自慰〉將女性自慰的心路歷程、探索過程寫得絲絲入扣，性幻想與性歷險光影重疊，遂交織成一幅驚眩的走馬燈。其他如〈沾屎的床戲〉闖入以氣味爲癖好的性愛世界；〈爬竿少女〉揭開一般人罕知的觸磨癖之神秘面紗；〈情慾禁忌解碼〉品嚐3P禁果；〈我的牙膏女友〉直擊刮體毛的樂趣：〈春宵菊花兒開〉解析對肛交的由恨而愛；〈被攝／射體的美麗與哀愁〉

將暴露癖與偷窺癖結合得美妙而有深意。

第三，對性別有更自由的想像與實踐之能力，也較具反省意識。例如，〈男人給的，女人給的〉書寫對兩性的情慾有可能同時存在且相容、〈女馬〉對女同志慾望的恣意想像、〈傾慕那些美好的身體〉對身體交易的獨特見地、〈紅樓春夢〉對男色的覺醒。

以上是「性史2006徵文活動」的嚴肅一面，但比較有趣的觀點是，整體來看，這次徵文也反映出了台灣社會底層潛伏著「官方不承認」的情慾生命力。它儼然是台灣情慾的全民書寫，也是台灣男女的情慾調查，而民眾不分年紀、地域、社會背景、性別、性傾向，積極參與，並眞誠作答，顯現了這個社會在檯面下活力強旺、想像奔放，與檯面上的樣貌頗有出入。

情慾書寫，最難之處在於要能對自己充分誠實，並擺脫現實生活的思維控管、道德標籤、價值判斷，發揮魄力與勇氣，爲情慾打造自由展現的舞台。坦白說，這幾年我大量閱覽世界各地的情慾作品，以及走訪見識各國情慾文化，在答應擔任徵文活動評審之前，對我的土地上靈肉被禁錮已久的同胞將提出怎樣的情慾書寫，並不十分樂觀。但我很高興自己的預感錯了，情慾，果眞是一朵壓不扁的玫瑰。

在官方磨刀霍霍大搞出版品分級之際，對成人情慾創作與閱讀形成肅殺的黑暗氛圍，這批精彩的情慾告白宛如夜空迸放的繽紛火花與觀眾的喧笑聲浪，令人驚喜相看。

編註：文中提及的〈陰莖熱症候群〉、〈金風玉露一相逢〉、〈性啓蒙：第一次高潮，習慣性自慰〉、〈沾屎的床戲〉、〈爬竿少女〉、〈我的牙膏女友〉、〈紅樓春夢〉等文，最後未入選佳作，故書中並未收錄。

附錄

這八十年的一波三折

一九二六～二〇〇六中國大陸群體性史

張超

一九二六年我負十歲。

要說對性的認識，最快也只能從我穿開檔褲時說起。雖然沒有八〇年，起碼也超過一個甲子的。

性在中國大陸是一個最特殊的話題，曾經是欲語還休。從一九二六到二〇〇六年，由於政治原因，要分成三個各有鮮明特點的時期來談，可謂一波三折。在今日看來，有的事例顯得荒唐可笑，但卻是那個時代的眞實寫照。

這裡就用三個關鍵詞：「敦倫」、「那個」和「做愛」來勾畫那些時期的性觀念特徵。也可算是這八〇年群體的「性史」吧。

一、「敦倫」時代

上世紀二〇到四〇年代末，在五四精神衝擊下，傳統的封建宗法思想受到挑戰。但在性方面，只掀開天窗的一小角，「萬惡淫爲首」的儒家文化倫理綱常觀念仍根深蒂固，性愛被視爲褻瀆之事，男尊女卑的實質並沒有多少改變。我仍依稀知道當時的一些輪廓。

做得說不得

那時，在文字上性交是用一個神秘的字眼「敦倫」表示。當然這是文雅之士的專用語，民間則叫「睡覺」，道家的房中術則稱爲「採戰」，認爲採陰可以補陽，特別是與妙齡女子交合，可以延年益壽，返老還童。當然這是玄學神秘之說，缺乏科學根據，但卻因此使無數少女遭受慘無人道的糟蹋。

禮義之邦不言性

二戰時期，來華美軍見中國沒有軍妓，甚感詫異。詢之當局，一官員一本正經答云：「我們中國乃禮義之邦，不屑此也。」美國佬聽後大爲緊張，禮義之邦的人都沒了性慾，還能拿刀動槍打日本嗎？其實這位仁兄夠虛僞的，就算他自己陽萎了，大後方不是還有大把「商女不知亡國恨，隔江猶唱後庭花」的青樓女子嗎？怪不得有人要送這些老爺一個雅號叫「假道學先生」。

女權主義沒有性

五四以後，女權主義頗活躍，目標是爭取男女法律上平等，但仍未敢突破性禁區。當時世間仍認爲「女人無性便是德」，婦女運動多數停留在一些政治口號上。「婦女被解放了」正說明男尊女卑的實質。

由於封建禮教的束縛，女子對性事尤爲保守，稍爲放縱便被認爲不守婦道，夫婦床第之間幾無樂趣可言。那時偷情叫通姦或私通，是千夫所指的罪過，逆反心理使男人產生「妻不如妾，妾不如妓，妓不如偷」的感覺，妻子更深受其害。

在農村，通姦更是大逆不道，觸犯家法的天字第一號大罪，是會被「浸豬籠」處死的，此陋俗至一九四七年仍未滅絕。我父親在三〇年代的一位黃姓戀人，是曾在北京求學的新女性，抗戰後偕男友從南洋回原籍饒平仙洲村，要爭取女子繼承權。他們雖不屬通姦，充其量只是婚前同居，仍遭族長以「有傷風化，敗祖辱宗」罪名，命家丁將她和男友捆縛後塞進竹製豬籠。爲制止其呼喊，竟將削尖的糖蔗插進喉嚨，沉入村前之東風埭虐殺，製造了慘絕人寰的血案。

我小時候，仍常見到三寸金蓮的纏足老媼，童養媳普遍流行於鄉間，納妾也時可見，小老婆稱爲「如夫人」。都留下深刻印象。

悄然興起的性教育

得風氣之先的上海，三○年代廣播電台就創辦了《夫婦之道》節目，傳播一般的性知識。聽眾覺得新奇神秘，多是像間諜一樣暗自收聽。一九四九年後，此類節目沉寂了半個世紀，直到九○年代才在電台午夜有了成人節目，如《悄悄話》、《夜半私語》、《今夜不設防》和《性情中人》等，內容與《夫婦之道》大同小異，還依然有點「猶抱琵琶半遮面」的味道。

張競生一九二七年在上海開辦「美的書店」，翻譯發行英國靄理士的性學著作及編印《第三種水》等小冊子，並創辦了中國第一份性知識雜誌《新文化》月刊，但僅出版了六期就被迫停刊了。

二、「那個」時代

一九四九年後的卅餘年間，大陸處於「革命」名義下之禁慾主義的畸形年代。到了滅絕人性的文革時期更是使「人性變成獸性」（巴金語），屬於人之天性的性慾和愛情雖然無法禁絕，但都被極左思想扭曲得不近人情。因爲心理備受壓抑，人性慘遭踐踏，愛情被視爲「資產階級沒落感情」的表現，性愛更被視爲「生活腐敗」的行爲。在「革命」的旗號下，性的領域同樣製造了許多離奇而荒唐的事件，滑稽但令人哭笑不得。雖然女人照樣生孩子，但羞答答的「敦倫」已受到嚴厲批評而摒棄了，「睡覺」也講不出口，只好乾脆叫「那個」或「那事」了，這是既模糊而又最心照不宣的大眾化語言。

聖人無性嗎？

由極左思潮主宰的思想領域，禁慾主義盛行的結果，局面反而向封建道學家提倡的境界回歸。在五、六〇年代，性被認爲是淫穢、低級下流的同義詞，人們談性色變，會冒出罪惡感。文藝作品中的英雄人物都是沒有兒女私情、不食人間煙火似的氣昂昂的革命者，每個人都板著一副嚴肅面孔，表現得一本正經。戀愛了也不能有親熱舉動，否則會被認爲生活作風有問題，是「耍流氓」。如果有婚外情，便被認定道德敗壞，會葬送政治前程。若婚前「搞出人命」，墮胎更是非法的，眞的要命。

庶民如此，但位高權重的首長卻是另外一回事。五〇年代初被打倒的那位副主席在延安算起就搞過一百多個女人，是個「披著革命外衣」的大淫魔；不過他被整垮並不是因好搞女人，對於少數人來說這僅是「生活小節」問題。「偉大領袖」也難免「寡人好色」，他的風流艷史不說也罷。其實他們也是人，食、色，性也。英雄愛美人，古今中外皆然，本無可厚非。日人伊藤博文的豪言是：「醉臥美人膝，醒握天下權」，此乃人生大快事。只不過當時的雙重政治標準造成雙重人格（不難嗅出有封建遺毒的氣味）。普通人都得裝成君子，公眾場合更是道貌岸然，都像帶著一副面具。戀人在公眾場合連手也不敢拉，因爲若有親暱動作，立刻會被紅衛兵「專政」。大家已被灌輸說聖人（當時叫革命家）是沒有性慾的，既然沒看到他們的風流韻事，也就信以爲眞了。

文革中，有一對被稱爲「臭老九」的知識分子結婚，在「革命化」的婚禮上，只有兩盤憑結婚證購得的劣質糖果待客，賀禮不是「雄文四卷」（毛選）就是「小紅寶書」（毛語錄），最名貴的要算毛像章了。儀式由主持人帶領大家高唱〈東方紅〉和〈大海航行靠舵手〉；還要高舉小紅書很虔敬地齊聲朗讀許多條「最高指示」（毛語錄），大家三呼萬歲敬祝偉大領袖萬壽無疆等。那時絕對沒有人不合時宜地說傳統婚禮上的吉利話，因爲那是「資產階級意識型態」，祝詞都離不開當時流行的革命口號。

一位來賓的祝願是希望他們「抓革命，促生產」，努力製造「革命接班人」。待到洞房裡只有一對新人，剩下的節目該由新郎導演兼主角了，剛想替新娘寬衣解帶，準備嘗試製造「革命接班人」時，不料招來一記耳光和「耍流氓」的憤怒斥罵，這位可憐的新郎當場就陽痿了。

並非笑話的性盲

八〇年代前，偌大的中國，唯一一本稍微涉及初級性知識的讀物是《農村赤腳醫生實用手冊》，關於生理的有限篇幅也是語焉不詳。文學作品鮮有愛情內容，性更是諱莫如深。禁慾主義的宣傳相當成功，使人們都相信性就是黃色、齷齪不堪的。

文革後期，這些符咒已漸漸失靈，這時冒出一本有赤裸性描寫的手抄本小說《少女之心》，許多人冒著比現在吸毒更可怕的罪名設法傳抄。此外，青少年的性知識來源只是市井上的葷笑話。因此無論賢愚，對性皆一知半解，「實戰」關頭，難免弄出笑話來。

有一對大學畢業的夫妻多年未有孕，就診時醫生發現妻子私處還是原封不動，詢問有否性生活仍茫然不解，自訴以爲兩人相擁睡在一起，通過物質的「分子運動」就能受孕了。還有一對也是結婚已久的不孕夫婦自述夫妻生活正常，檢查結果令醫生更加詫異，女人的處女膜尚完好，只是尿道口異常，呈喇叭狀，原來他們就對著那無辜的地方努力幹了好幾年，卻不走分寸之遙的陽關道，叫人匪夷所思。

怪怪的新名詞

這時期，出現許多新名詞、新定義，連夫妻的稱謂也改變了，夫妻關係叫「愛人」。這很讓外國人摸不著頭腦，弄不清他們究竟結婚了沒有。男女平等的口號喊了幾十年，現在老公老婆都稱愛人，眞的「男女都一樣」了。但那時很多夫妻是出於利害的需要而結合，「愛人」多是沒有多少愛的人。

女性被奉爲「半邊天」，與男人一起戰天鬥地搞階級鬥爭。革命的工農女青年又被封爲「鐵姑娘」，從身段、裝束、髮型以至氣質都弄得男女不分，姑娘成了假小子，都「不愛紅裝愛武裝」，愛美成爲一種罪過。「女人」在話語體系上竟消失了三、四十年。如果愛人愛了別人，在婚外有了「那個」，一律叫犯「男女關係」錯誤。具有諷刺意味的是，就在最嚴酷的文革歲月，仍有百分之三十的女子膽敢冒天下之不韙，在婚禮前跟愛人上床。

床上也是規規矩矩

在革命的歲月，就連最隱秘的夫妻生活也被意識形態牢牢管制得「只許規規矩矩，不准亂說亂動」。床上絕大多數是傳統的男上式，而且居然有近四成的夫妻在面對面「那個」時，從來不接吻，連這種很自然的親熱動作都被「革命」掉了。雖說「婦女翻身了」，這時要讓她翻到上面去「倒澆蠟燭」是死活不肯的，認爲這是「態度不端正，思想有問題」，會被斥爲下流，遑論其他招式了。至於提到口交或肛交，更要被罵爲「不像話」和「無恥」。

性的功能，長期被閹割得只剩生殖一種，既不敢提健身功能，更避諱提享樂功能。因爲一直在批判西方的「性解放」和「性快樂主義」，於是把享樂的專利拱手送給資產階級，據說無產階級是拒絕享受的。

直到八〇年代，人口大爆炸，要實行計畫生育了，才提倡避孕，並強制結紮。之後還過性生活幹嘛？「不是爲了尋歡作樂」的障眼法才不攻自破。

如此折騰了三十年，科學的性觀念才重新起步。

三、「做愛」時代

壟斷了三十年的禁慾主義終於在八〇年代開始解凍。比較專業的《性知識手冊》成爲大眾化的知識讀本，結束了「性不可言傳」的歷史，人們不再諱言性了。此時，「愛人」黯然退位，「先生、夫人或太太」登台亮相；「那個」太土氣了，就被直白性感的「做愛」代替了。這都是有劃時代的意義。

性自主意識增強，使性、愛情、婚姻三者中，性的地位上升，性權利被認可。隨著性享受和生育的分離，享受性愛再不會擔心被貶爲「資產階級腐朽思想」。中國的性革命正在悄悄地、無可阻擋地興起。短短十餘年間，性觀念已大大拉近與世界先進地區的距離。

陰盛陽衰

在悄然興起的性革命中，陰盛陽衰並非壞事，據調查，女性的性期望値超過男性。在因性欠和諧引致的離婚案件中，以往女的總是藉口丈夫性亢奮，自己招架不住，現則多是抱怨丈夫性無能了。

在鋪天蓋地的街道廣告中，壯陽藥大氾濫，治陽痿的「祖傳專家」和「宮廷秘方」滿天飛，好像中國的男人都不行了。究眞只是性期望値提高之故，而給江湖騙子和無良商人可乘之機。生活質量提高了，男人更容易哀嘆「人生苦短性更短」，人未退休，性先退休。故而扼腕痛惜：「青年時有賊心無賊膽；中年時有賊心賊膽但無賊錢；晚年時賊心賊膽賊錢都有了，卻沒有賊。」

從前只許男人偷香竊玉，討小納妾；現在紅杏出牆也不少見。回應男人「包二奶」，有的女同胞也敢「包二公」，一些繁榮地區還出現「鴨店」。妙齡女郎穿著露點裝束招搖過市，布料已少到無可再少，據說已不是敢不敢穿，而是男人敢不敢看的問題了。

在床上，女性不再扭扭捏捏，十八般武藝嫻熟程度絲毫不在男人之下，並喊出「我要性高潮！」越來越多的女性成爲性生活的主角，不再是生兒育女或供男人洩慾的工具了。

在愛情上，女子表現得尤其大膽潑辣，常常不計後果，要跟著感覺走，把愛情放在首位，爲愛可以義無反顧。

從通姦到婚外情

不論從前叫「通姦」還是「搞不正當男女關係」，都帶有強烈貶義。改革開放後，逐漸演變爲「第三者」或「婚外情」，或輕描淡寫地說成「感情走私」。由此可見人們對越軌的感情遊戲表現出寬容的態度。

根據一份權威資料顯示，九〇年代末有百分之十三的丈夫和約百分之八的妻子對配偶不忠。除了經濟因素，主要是想追求婚姻中無法得到的愛情和更高質量的性生活，這也反應了魚與熊掌要兼得的慾望，婚外情（婚外性）成了獲取刺激的性快餐。與此同時，一夜情、試婚和同居也開始出現並頗受推崇。張競生主張的情人制曾被魯迅調侃要到二十五世紀才能實現，現在已經很受歡迎了。

但是，那些條件優越的男人利用社會的寬容在婚外情搞了許多新花樣，金屋藏嬌叫「包二奶」，單在珠三角就有數十萬女人被包養；還有各種變相的二奶如「小蜜」。這些人活得相當瀟灑，被形容是「外面彩旗飄飄，家裡紅旗不倒」。還有一副對聯：「丈夫喜新不厭舊；妻子吃醋不嫌酸」，橫批是「不離就行」，都是這些畸形現象的寫照。

繁榮娼盛

賣淫是最古老的商業行爲之一。連最嚴酷的革命年代，「資本主義尾巴」被割得淨盡的時候，這種地下行業都未曾滅絕。改革開放後，隨經濟的繁榮，也就「娼」盛起來。

過去官方一直拒絕正面承認這種賣笑生涯的存在，只是公安年年發布「掃黃」打擊賣淫嫖娼活動取得偉大成績的消息，頗有「此地無銀三百銀兩，隔壁王二不曾偷」的滑稽。

自欺欺人的結果是性病氾濫，恐怖的愛滋病面臨失控，最近官方的態度才比較現實，遮遮掩掩地承認娼妓有六百萬。可是這些龐大的「性工作者」沒有執照，只能黑市經營。雖然看不到名正言順的妓院招牌，卻又隨處會遇到妖冶的小姐拉客，在那些髮廊、洗浴中心、沐足店、按摩院、娛樂城以至路邊店，都很可能是掛羊頭賣狗肉的地方。

抓到妓女和嫖客是要重罰的，這也成爲公安創收的主要門路，因此衍生出一些離奇案件。最離譜是多起「處女賣淫案」，幾個被誣爲賣淫女的良家女兒屈打成招，胡亂供出多名「嫖客」。家裡花了巨款將其女贖回，後經鑑定卻是道地的處女，被傳媒曝光後，公安不得不賠禮道歉，當事人難免受到處分。

更惡俗的還有所謂「買處」，用金錢或恐怖手段誘逼少女給臭男人「開苞」見紅（吉林有一富豪特好此道，因小頭作惡多端而丟了大頭）。應運而生的有處女膜修補術，這種在歐洲十九世紀末曾風行一時的玩意在古老的東方復活，自以爲時髦其實是落後了百餘年的破爛貨色。

男女都一樣了嗎？

被禁絕了幾十年的選美，在上世紀末解凍並在神州風行起來。於是各種名堂的選美活動，爭奇鬥艷，此伏彼起。評選市花、模特兒、形象大使、××小姐的賽會隆重登場，隨之有「美女經濟」和「美女文化」出現。商業活動首先選用美女作公關手段，刻意打造美女效應；文壇上湧現了一批「美女作家」被出版商作爲賣點。精明的商人借助美女吸引眼球，大賺其鈔票。

另外，有兩本由青年女作家描寫女性感興趣，屬於女性自己的性生活紀實體小說：《上海寶貝》和《遺情書》，引起轟動並在世界暢銷，但在內地因其大膽出格而遭禁，加上旅美更加大膽描寫自己性史的九丹，被貶爲用「下半身」寫作的異類。究眞起來還是對待兩性的雙重標準作怪。

這些熱熱鬧鬧的活動無非是爲了吸引男人眼光，把美女置於被看的地位，成爲慾望的對象，都是男權思想佔上風的產物。

結語

經過這八十年的一波三折，中國大陸的性觀念有了巨大的進步，但難免帶有濃重的「中國特色」。用現代性文明的眼光檢視，仍有很多觀念擺脫不了男權思想的羈絆。嚴格說來，落實到性和性別上，男女仍未能眞正平等，要徹底鏟除封建意識，眞正達到科學化、人性化，將性道德作爲人與人之間的平等權利來看待，路子還很長很長。

張超寫於二〇〇五年十月（張超爲張競生之子）

主要參考文獻：

馬道宗《世界性文化史》
潘綏銘、白維廉、王愛麗、勞曼《當代中國人的性行爲與性關係》
柏楊《男女情愛》
李敖《中國性研究》
劉達臨、胡宏霞《性文化七十七夜談》、《雲雨陰陽》
江曉原《性感》
林聚任《社會性別的多角度透視》
程超澤《婚外情這東西》
郭立誠《中國婦女生活史話》
王周生《關於性別的追問》
程青《我們這代人的性啓蒙和性教育》
曉林等《今夜，我們談性——關於性的50個關鍵詞》

國家圖書館出版品預行編目資料

性史2006——16篇真實性告白／大辣編輯部編：
——初版——台北市：大辣出版：大塊文化發行，
2005〔民94〕
面；　公分——（dala sex；9）

ISBN 986-81177-9-8（平裝）

857.61　　　　94023325

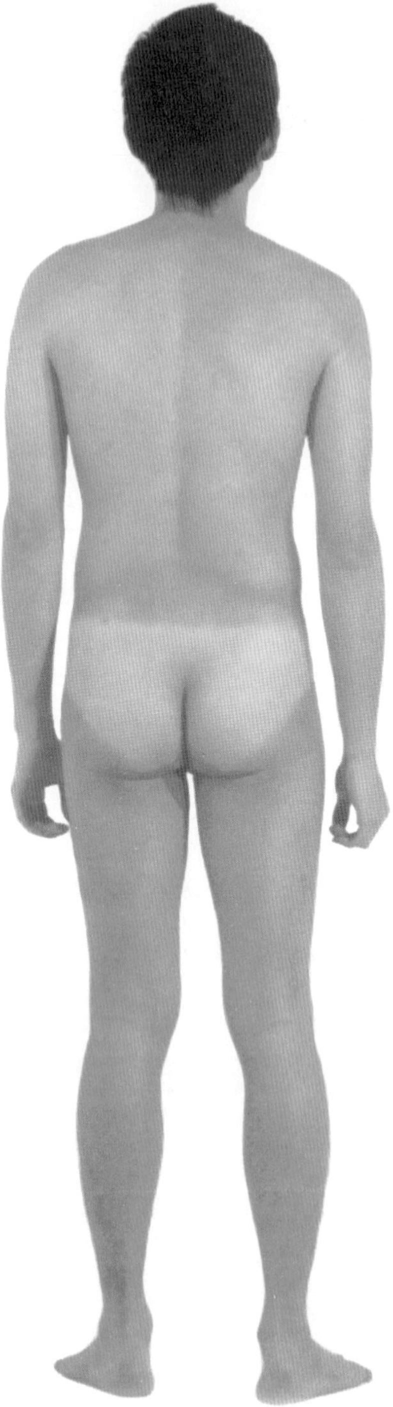

not only passion